中国古典神魔小说

〔东晋〕干宝 陶潜 著

搜神记 搜神后记

河海大学出版社
·南京·

图书在版编目（CIP）数据

搜神记 /（东晋）干宝著. 搜神后记 /（东晋）陶潜著. -- 南京：河海大学出版社，2025. 8. --（中国古典神魔小说）. -- ISBN 978-7-5630-9604-6

Ⅰ. I242.1

中国国家版本馆CIP数据核字第2025A9B720号

丛 书 名 / 中国古典神魔小说
书　　名 / 搜神记·搜神后记
SOUSHENJI · SOUSHEN HOUJI
书　　号 / ISBN 978-7-5630-9604-6
丛书策划 / 未来趋势
责任编辑 / 彭志诚
特约编辑 / 王春兰
特约校对 / 薛艳萍
装帧设计 / 未来趋势
出版发行 / 河海大学出版社
地　　址 / 南京市西康路1号（邮编：210098）
电　　话 /（025）83737852（总编室）
　　　　　（025）83722833（营销部）
经　　销 / 全国新华书店
印　　刷 / 三河市元兴印务有限公司
开　　本 / 880毫米×1230毫米　1/32
印　　张 / 4.375
字　　数 / 130千字
版　　次 / 2025年8月第1版
印　　次 / 2025年8月第1次印刷
定　　价 / 59.80元

前言

本书是《搜神记》和《搜神后记》的合集。

《搜神记》是东晋时期的一部神话志怪小说集。小说的作者干宝(？—336)，字令升，汝南郡新蔡县（今河南新蔡）人，东晋史学家。《晋书·干宝传》中说他有感于生死之事，"遂撰集古今神祇灵异人物变化，名为《搜神记》"，想通过搜集前人著述及传说故事，证明鬼神确实存在。全书共20卷，搜集了古代的454个神异故事。

《搜神记》的内容十分丰富，有神仙术士的变幻，有精灵物怪的神异，有妖祥卜梦的感应，有佛道信仰的因果报应，还有人神、人鬼的恋爱等。其中保留了相当一部分西汉传下来的历史神话传说和魏晋时期的民间故事，这些故事优美动人，深受人们的喜爱。神话，如卷十四的"盘瓠神话"，是关于古时南方少数民族始祖起源的猜测；"蚕马神话"是有关蚕丝生产的神话。历史传说，如卷十一"干将莫邪"讲述的复仇故事；卷十六"紫玉传说"讲述的吴王小女的生死爱情故事。民间故事，如卷十一"东海孝妇"讲述的孝妇周青蒙冤的故事。《搜神记》不仅继承了中国古代幻想作品的优秀特质，更博采众长，将神话、魔幻、武侠、言情、地理、人文、上古历史糅于一体，以史诗般的笔触再现中华民族文明起源的洪荒时代，重构瑰丽雄奇的中华神话，故事大多篇幅短小，情节简单，设想奇幻，极富浪漫主义色彩。《搜神记》是集我国古代神话传说之大成的著作，开创了我国古代神话小说的先河，对后世影响深远，如蒲松龄的《聊斋志异》、神话戏《天仙配》及后世的许多小说、戏曲，都和它有着密切的联系。

《搜神后记》又名《续搜神记》，是《搜神记》的续书。题为东晋陶潜(字渊明)撰，后来有些人疑非潜作。所记有元嘉十四年(437)、十六年(439)事，皆陶潜死后事，故疑此书为伪托，或以为经后人增益。鲁迅《中国小说史略》也说："潜性旷达，未必拳拳于鬼神，盖伪托也。"不过梁慧皎《高僧传序》

已有"陶渊明《搜神录》"语,《隋志》又正式题作"陶潜撰",其时距离陶渊明均不算远,闻见较切,不能因为个别篇目所记陶渊明死后十多年的事(或许为后人附益)便遽定其为伪托。因此,现在还是把它列在陶渊明的名下为宜。

《搜神后记》与《搜神记》的体例大致相似,但内容则多溢出《搜神记》。该书凡十卷,一百一十七条。《搜神后记》在魏晋南北朝的志怪群书中是颇具特色的。它内容上略为妖异变怪之谈,而多言神仙;艺术上是芜杂琐碎的记叙减少,成片的有关当地风土的民间故事。作者赋予这些山川风物丰富的人情美,所以显得美丽动人。

《搜神后记》中最有名的是卷一的《桃花源记》,所记叙的正是一段神话因素较为浓厚的民间传说,同卷书中类似的记载不下四五则。此外还有袁相、根硕入赤城山遇仙女的记叙,也是类似"桃花源"式的异境描写。这些具有神异色彩的故事都曲折地反映了那个动乱时代的人们在释老思想影响下的避世心理。南朝宋刘义庆《幽明录》记叙的刘阮入天台事,又是袁、根入赤城故事的另一版本,并且作了较大的艺术加工。

《搜神后记》同《搜神记》一样,对后世产生了深远影响。唐人编纂《晋书》时亦曾采取其中的资料。《四库全书总目提要》说"其中丁令威化鹤、阿香雷车诸事,唐宋词人并递相援引承用","要不可谓非六代遗书也"。所举化鹤、雷车二事,确实已成为文学常用的典故。

此次再版,我们对原书中的笔误、缺漏和难解字词进行了更正、校勘和释义,对原书原来缺字的地方用□表示了出来,以方便读者阅读。由于时间仓促,水平有限,其中难免有所疏失,望专家和读者予以指正。

编者
2024 年 11 月

篇目目录

搜神记　　　　　　　　　　001

搜神后记　　　　　　　　　103

搜神记

【东晋】干宝 著

原序

　　虽考先志于载籍，收遗逸于当时，盖非一耳一目之所亲闻睹也，又安敢谓无失实者哉。卫朔失国，二传互其所闻；吕望事周，子长存其两说。若此比类，往往有焉。从此观之，闻见之难，由来尚矣。夫书赴告之定辞，据国史之方册，犹尚若此；况仰述千载之前，记殊俗之表，缀片言于残阙，访行事于故老，将使事不二迹，言无异途，然后为信者，固亦前史之所病。然而国家不废注记之官，学士不绝诵览之业，岂不以其所失者小，所存者大乎？今之所集，设有承于前载者，则非余之罪也。若使采访近世之事，苟有虚错，愿与先贤前儒，分其讥谤。及其著述，亦足以发明神道之不诬也。群言百家，不可胜览；耳目所受，不可胜载。亦粗取足以演八略之旨，成其微说而已。幸将来好事之士，录其根体，有以游心、寓目，而无尤焉。

晋散骑常侍新蔡干宝令升撰

目录

卷 一	007
卷 二	014
卷 三	018
卷 四	024
卷 五	029
卷 六	033
卷 七	042
卷 八	048
卷 九	050
卷 十	053
卷十一	055
卷十二	062
卷十三	067
卷十四	070
卷十五	074
卷十六	079
卷十七	086
卷十八	090
卷十九	097
卷二十	100

卷一

神农以赭鞭鞭百草,尽知其平毒寒温之性,臭味所主,以播百谷,故天下号神农也。

赤松子者,神农时雨师也,服冰玉散,以教神农,能入火不烧。至昆仑山,常入西王母石室中,随风雨上下。炎帝少女追之,亦得仙,俱去。至高辛时,复为雨师,游人间。今之雨师本是焉。

赤将子舆者,黄帝时人也。不食五谷,而啖百草华。至尧时,为木工。能随风雨上下。时于市门中卖缴,故亦谓之缴父。

宁封子,黄帝时人也。世传为黄帝陶正,有异人过之,为其掌火。能出五色烟。久则以教封子,封子积火自烧,而随烟气上下。视其灰烬,犹有其骨。时人共葬之宁北山中。故谓之宁封子。

偓佺者,槐山采药父也。好食松实。形体生毛,长七寸。两目更方。能飞行,逐走马。以松子遗尧,尧不暇服。松者,简松也。时受服者,皆三百岁。

彭祖者,殷时大夫也。姓钱,名铿。帝颛顼之孙,陆终氏之中子。历夏而至商末,号七百岁。常食桂芝。历阳有彭祖仙室。前世云:祷请风雨,莫不辄应。常有两虎在祠左右。今日祠之讫,地则有两虎迹。

师门者,啸父弟子也。能使火。食桃葩。为孔甲龙师。孔甲不能修其心意,杀而埋之外野。一旦,风雨迎之。山木皆燔。孔甲祠而祷之,未还而死。

前周葛由,蜀羌人也。周成王时,好刻木作羊卖之。一旦,乘木羊入蜀中,蜀中王侯贵人追之,上绥山。绥山多桃,在峨眉山西南,高无极也。随之者不复还,皆得仙道。故里谚曰:"得绥山一桃,虽不能仙,亦足以豪。"山下立祠数十处。

崔文子者,泰山人也。学仙于王子乔。子乔化为白霓,而持药与文子。

文子惊怪，引戈击霓，中之，因堕其药。俯而视之，王子乔之履也。置之室中，覆以敝筐。须臾，化为大鸟。开而视之，翻然飞去。

冠先，宋人也。钓鱼为业，居睢水旁百余年。得鱼，或放，或卖，或自食之。常冠带，好种荔，食其葩实焉。宋景公问其道，不告，即杀之。后数十年，踞宋城门上鼓琴，数十日乃去。宋人家家奉祠之。

琴高，赵人也。能鼓琴。为宋康王舍人。行涓、彭之术，浮游冀州、涿郡间二百余年。后辞入涿水中，取龙子，与诸弟子期之。曰："明日皆洁斋，候于水旁，设祠屋。"果乘赤鲤鱼出，来坐祠中。且有万人观之。留一月，乃复入水去。

陶安公者，六安铸冶师也。数行火。火一朝散上，紫色冲天。公伏冶下求哀。须臾。朱雀止冶上，曰："安公！安公！冶与天通。七月七日，迎汝以赤龙。"至时，安公骑之，从东南去。城邑数万人，豫祖安送之，皆辞诀。

有人入焦山七年，老君与之木钻，使穿一盘石，石厚五尺，曰："此石穿，当得道。"积四十年，石穿，遂得神仙丹诀。

鲁少千者，山阳人也。汉文帝尝微服怀金过之，欲问其道。少千拄金杖，执象牙扇，出应门。

淮南王安，好道术。设厨宰以候宾客。正月上辛，有八老公诣门求见。门吏白王，王使吏自以意难之，曰："吾王好长生，先生无驻衰之术，未敢以闻。"公知不见，乃更形为八童子，色如桃花。王便见之，盛礼设乐，以享八公。援琴而弦歌曰："明明上天，照四海兮。知我好道，公来下兮。公将与余，生羽毛兮。升腾青云，蹈梁甫兮。观见三光，遇北斗兮。驱乘风云，使玉女兮。"今所谓《淮南操》是也。

刘根，字君安。京兆长安人也。汉成帝时，入嵩山学道。遇异人授以秘诀，遂得仙。能召鬼。颍川太守史祈以为妖，遣人召根，欲戮之。至府，语曰："君能使人见鬼，可使形见。不者，加戮。"根曰："甚易。"借府君前笔砚书符，因以叩几。须臾，忽见五六鬼，缚二囚于祈前。祈熟视，乃父母也。向根叩头曰："小儿无状，分当万死。"叱祈曰："汝子孙不能光荣先祖，何得罪神仙，乃累亲如此。"祈哀惊悲泣，顿首请罪。根默然忽去，不知所之。

汉明帝时,尚书郎河东王乔为邺令。乔有神术,每月朔,尝自县诣台。帝怪其来数而不见车骑,密令太史候望之。言其临至时,辄有双凫,从东南飞来。因伏伺,见凫,举罗张之,但得一双舄。使尚书识视,四年中所赐尚书官属履也。

蓟子训,不知所从来。东汉时,到洛阳,见公卿数十处,皆持斗酒片脯候之。曰:"远来无所有,示致微意。"坐上数百人,饮啖终日不尽。去后,皆见白云起,从旦至暮。时有百岁公说:"小儿时,见训卖药会稽市,颜色如此。"训不乐住洛,遂遁去。正始中,有人于长安东霸城,见与一老公共摩挲铜人,相谓曰:"适见铸此,已近五百岁矣。"见者呼之曰:"蓟先生小住。"并行应之。视若迟徐,而走马不及。

汉阴生者,长安渭桥下乞小儿也。常于市中丐,市中厌苦,以粪洒之。旋复在市中乞,衣不见污如故。长吏知之,械收系,着桎梏,而续在市乞。又械欲杀之,乃去。洒之者家,屋室自坏,杀十数人。长安中谣言曰:"见乞儿与美酒,以免破屋之咎。"

谷城乡卒常生,不如何所人也。数死而复生。时人为不然。后大水出,所害非一,而卒辄在缺门山上大呼,言:"卒常生在此!"云:"复雨,水五日必止。"止,则上山求祠之。但见卒衣杖革带。后数十年,复为华阴市门卒。

左慈,字元放,庐江人也。少有神通。尝在曹公座,公笑顾众宾曰:"今日高会,珍馐略备。所少者,吴松江鲈鱼为脍。"放曰:"此易得耳。"因求铜盘贮水,以竹竿饵钓于盘中,须臾,引一鲈鱼出。公大拊掌,会者皆惊。公曰:"一鱼不周坐客,得两为佳。"放乃复饵钓之。须臾,引出,皆三尺余,生鲜可爱。公便自前脍之,周赐座席。公曰:"今既得鲈,恨无蜀中生姜耳。"放曰:"亦可得也。"公恐其近道买,因曰:"吾昔使人至蜀买锦,可敕人告吾使,使增市二端。"人去,须臾还,得生姜。又云:"于锦肆下见公使,已敕增市二端。"后经岁余,公使还,果增二端。问之,云:"昔某月某日,见人于肆下,以公敕敕之。"后公出近郊,士人从者百数,放乃赍酒一罂,脯一片,手自倾罂,行酒百官,百官莫不醉饱。公怪,使寻其故。行视沽酒家,昨悉亡其酒脯矣。公怒,阴欲杀放。放在公座,将收之,却入壁中,霍然不见。乃募取之。或见于市,欲捕之,而市人皆放同形,莫知谁是。后人遇放于阳城山头，因复逐之。遂走入羊群。公知不可得，乃令就羊中告之，曰："曹公不复相杀，本试君术耳。今既验，但欲与相见。"忽有一老羝，屈前两膝，人立而言曰："遽如许。"人即云："此羊是。"竞往赴之。而群羊数百，皆变为羝，并屈前膝，人立，云："遽如许。"于是遂莫知所取焉。老子曰："吾之所以为大患者，以吾有身也；及吾无身，吾有何患哉。"若老子之俦，可谓能无身矣。岂不远哉也。

孙策欲渡江袭许，与于吉俱行。时大旱，所在熇厉，策催诸将士，使速引船，或身自早出督切。见将吏多在吉许。策因此激怒，言："我为不如吉耶？而先趋附之。"便使收吉至，呵问之曰："天旱不雨，道路艰涩，不时得过。故自早出，而卿不同忧戚，安坐船中，作鬼物态，败吾部伍。今当相除。"令人缚置地上，暴之，使请雨。若能感天，日中雨者，当原赦；不尔，行诛。俄而云气上蒸，肤寸而合；比至日中，大雨总至，溪涧盈溢。将士喜悦，以为吉必见原，并往庆慰。策遂杀之。将士哀惜，藏其尸。天夜，忽更兴云覆之。明旦往视，不知所在。策既杀吉，每独坐，仿佛见吉在左右。意深恶之，颇有失常。后治疮方差，而引镜自照，见吉在镜中，顾而弗见。如是再三。扑镜大叫，疮皆崩裂，须臾而死。（吉，琅琊人，道士。）

介琰者，不知何许人也。住建安方山，从其师白羊公杜受玄一无为之道。能变化隐形。尝往来东海，暂过秣陵，与吴主相闻。吴主留琰，乃为琰架宫庙，一日之中，数遣人往问起居。琰或为童子，或为老翁，无所食啖，不受饷遗。吴主欲学其术，琰以吴主多内御，积月不教。吴主怒，敕缚琰，着甲士引弩射之。弩发，而绳缚犹存，不知琰之所之。

吴时有徐光者，尝行术于市里。从人乞瓜，其主勿与，便从索瓣，杖地种之；俄而瓜生，蔓延，生花，成实；乃取食之，因赐观者。鬻者反视所出卖，皆亡耗矣。凡言水旱甚验。过大将军孙綝门，褰衣而趋，左右唾践。或问其故，答曰："流血臭腥不可耐。"綝闻恶而杀之。斩其首，无血。及綝废幼帝，更立景帝，将拜陵，上车，有大风荡綝车，车为之倾。见光在松树上拊手指挥，嗤笑之，綝问侍从，皆无见者。俄而景帝诛綝。

葛玄，字孝先，从左元放受《九丹液仙经》。与客对食，言及变化之事，客曰："事毕，先生作一事特戏者。"玄曰："君得无即欲有所见乎？"乃嗽口中饭，尽变大蜂数百，皆集客身，亦不螫人。久之，玄乃张口，蜂皆飞入，玄嚼食之，是故饭也。又指虾蟆及诸行虫燕雀之属，使舞，应节如人。冬为客设生瓜枣，夏致冰雪。又以数十钱使人散投井中，玄以一器于井上呼之，钱一一飞从井出。为客设酒，无人传杯，杯自至前，如或不尽，杯不去也。尝与吴主坐楼上，见作请雨土人，帝曰："百姓思雨，宁可得乎？"玄曰："雨易得耳！"乃书符着社中，顷刻间，天地晦冥，大雨流淹。帝曰："水中有鱼乎？"玄复书符掷水中，须臾，有大鱼数百头。使人治之。

吴猛，濮阳人。仕吴，为西安令，因家分宁。性至孝。遇至人丁义，授以神方；又得秘法神符，道术大行。尝见大风，书符掷屋上，有青鸟衔去。风即止。或问其故。曰："南湖有舟，遇此风，道士求救。"验之果然。武宁令干庆，死已三日，猛曰："数未尽，当诉之于天。"遂卧尸旁，数日，与令俱起。后将弟子回豫章，江水大急，人不得渡；猛乃以手中白羽扇画江水，横流，遂成陆路，徐行而过，过讫，水复。观者骇异。尝守浔阳，参军周家有狂风暴起，猛即书符掷屋上，须臾风静。

园客者，济阴人也。貌美，邑人多欲妻之，客终不娶。尝种五色香草，积数十年，服食其实。忽有五色神蛾，止香草之上，客收而荐之以布，生桑蚕焉。至蚕时，有神女夜至，助客养蚕，亦以香草食蚕。得茧百二十头，大如瓮，每一茧缫六七日乃尽。缫讫，女与客俱仙去，莫知所如。

汉，董永，千乘人。少偏孤，与父居。肆力田亩，鹿车载自随。父亡，无以葬，乃自卖为奴，以供丧事。主人知其贤，与钱一万，遣之。永行，三年丧毕，欲还主人，供其奴职。道逢一妇人曰："愿为子妻。"遂与之俱。主人谓永曰："以钱与君矣。"永曰："蒙君之惠，父丧收藏，永虽小人，必欲服勤致力，以报厚德。"主曰："妇人何能？"永曰："能织。"主曰："必尔者，但令君妇为我织缣百匹。"于是永妻为主人家织，十日而毕。女出门，谓永曰："我，天之织女也。缘君至孝，天帝令我助君偿债耳。"语毕，凌空而去，不知所在。

初，钩弋夫人有罪，以谴死，既殡，尸不臭，而香闻十余里。因葬云陵，上哀悼之。又疑其非常人，乃发冢开视，棺空无尸，惟双履存。一云，昭帝即位，改葬之，棺空无尸，独丝履存焉。

汉时有杜兰香者，自称南康人氏。以建业四年春，数诣张传。传年十七，望见其车在门外，婢通言："阿母所生，遗授配君，可不敬从？"传，先名改硕，硕呼女前，视，可十六七，说事邈然久远。有婢子二人：大者萱支，小者松支。钿车青牛，上饮食皆备。作诗曰："阿母处灵岳，时游云霄际。众女侍羽仪，不出墉宫外。飘轮送我来，岂复耻尘秽。从我与福俱，嫌我与祸会。"至其年八月旦，复来，作诗曰："逍遥云汉间，呼吸发九嶷。流汝不稽路，弱水何不之。"出薯蓣子三枚，大如鸡子，云："食此，令君不畏风波，辟寒温。"硕食二枚，欲留一，不肯，令硕食尽。言："本为君作妻，情无旷远，以年命未合，其小乖，大岁东方卯，当还求君。"兰香降时，硕问："祷祀何如？"香曰："消魔自可愈疾，淫祀无益。"香以药为消魔。

魏济北郡从事掾弦超，字义起，以嘉平中夜独宿，梦有神女来从之。自称："天上玉女，东郡人，姓成公，字知琼，早失父母，天帝哀其孤苦，遣令下嫁从夫。"超当其梦也，精爽感悟，嘉其美异，非常人之容，觉寤钦想，若存若亡，如此三四夕。一旦，显然来游，驾辎軿车，从八婢，服绫罗绮绣之衣，姿颜容体，状若飞仙，自言年七十，视之如十五六女。车上有壶、榼，青白琉璃五具。食啖奇异，馔具醴酒，与超共饮食。谓超曰："我，天上玉女，见遣下嫁，故来从君，不谓君德。宿时感运，宜为夫妇。不能有益，亦不能为损。然往来常可得驾轻车，乘肥马，饮食常可得远味异膳，缯素常可得充用不乏。然我神人，不为君生子，亦无妒忌之性，不害君婚姻之义。"遂为夫妇。赠诗一篇，其文曰："飘飖浮勃逢，敖曹云石滋。芝英不须润，至德与时期。神仙岂虚感，应运来相之。纳我荣五族，逆我致祸菑。"此其诗之大较，其文二百余言，不能尽录。兼注《易》七卷，有卦，有象，以象为属。故其文言既有义理，又可以占吉凶，犹扬子之《太玄》，薛氏之《中经》也。超皆能通其旨意，用之占候。作夫妇经七八年，父母为超娶妇之后，分日而燕，分夕而寝，夜来晨去，倏忽若飞，唯超见之，他人不见。虽居暗室，辄闻人声，常见踪迹，然不睹其形。后人怪问，漏泄其事。玉女遂求去，云："我，神人也。虽与君交，不愿人知，而君性疏漏，我今本末已露，不复与君通接。积年交结，恩义不轻，一旦分别，岂不怆恨？势不得不尔。各自努力！"又呼侍御下酒饮啖。发箧，取织成裙衫两副遗超。又赠诗一首，把臂告辞，涕泣流离，肃然升车，去若飞迅。超忧感积日，殆至委顿。去后五年，超奉郡使至洛，到济北鱼山下陌上。西行，遥望曲道头有一马车，似知琼。驱驰至前，果是也。遂披帷相见，悲喜交切。控左援绥，同乘至洛。遂为室家，克复旧好。至太康中，犹在。但不日日往来，每于三月三日，五月五日，七月七日，九月九日，旦、十五日辄下，往来经宿而去。张茂先为之作《神女赋》。

卷二

寿光侯者，汉章帝时人也。能劾百鬼众魅，令自缚见形。其乡人有妇为魅所病，侯为劾之，得大蛇数丈，死于门外，妇因以安。又有大树，树有精，人止其下者死，鸟过之亦坠。侯劾之，树盛夏枯落，有大蛇，长七八丈，悬死树间。章帝闻之，征问。对曰："有之。"帝曰："殿下有怪，夜半后，常有数人，绛衣，披发，持火相随。岂能劾之？"侯曰："此小怪，易消耳。"帝伪使三人为之。侯乃设法，三人登时仆地，无气。帝惊曰："非魅也，朕相试耳。"即使解之。或云："汉武帝时，殿下有怪，常见朱衣披发，相随持烛而走。帝谓刘凭曰：'卿可除此否？'凭曰：'可。'乃以青符掷之，见数鬼倾地。帝惊曰：'以相试耳。'解之而苏。"

樊英，隐于壶山。尝有暴风从西南起，英谓学者曰："成都市火甚盛。"因含水嗽之。乃命计其时日，后有从蜀来者，云："是日大火，有云从东起，须臾大雨，火遂灭。"

闽中有徐登者，女子化为丈夫，与东阳赵昺，并善方术。时遭兵乱，相遇于溪，各矜其所能。登先禁溪水为不流，昺次禁杨柳为生稊。二人相视而笑。登年长，昺师事之。后登身故，昺东入章安，百姓未知，昺乃升茅屋，据鼎而爨。主人惊怪，昺笑而不应，屋亦不损。

赵昺尝临水求渡，船人不许。昺乃张帷盖，坐其中，长啸呼风，乱流而济。于是百姓敬服，从者如归。章安令恶其惑众，收杀之。民为立祠于永康，至今蚊蚋不能入。

徐登、赵昺，贵尚清俭，祀神以东流水，削桑皮以为脯。

陈节访诸神，东海君以织成青襦一领遗之。

宣城边洪，为广阳领校，母丧归家。韩友往投之，时日已暮，出告从者："速装束，吾当夜去。"从者曰："今日已暝，数十里草行，何急复去？"友曰："此间血覆地，宁可复住。"苦留之，不得。其夜，洪欻发狂，绞杀两子，并杀妇。又斫父婢二人，皆被创，因走亡，数日，乃于宅前林中得之，已自经死。

鞠道龙善为幻术。尝云："东海人黄公，善为幻，制蛇，御虎。常佩赤金刀。及衰老，饮酒过度。秦末，有白虎见于东海，诏遣黄公以赤刀往厌之。术既不行，遂为虎所杀。"

谢纠尝食客，以朱书符投井中，有一双鲤鱼跳出，即命作鲙。一坐皆得遍。

晋永嘉中，有天竺胡人来渡江南。其人有数术：能断舌复续，吐火。所在人士聚观。将断时，先以舌吐示宾客，然后刀截，血流覆地，乃取置器中，传以示人，视之，舌头半舌犹在，既而还取含续之。坐有顷，坐人见舌则如故，不知其实断否。其续断，取绢布，与人合执一头，对剪中断之；已而取两断合，视绢布还连续，无异故体。时人多疑以为幻，阴乃试之，真断绢也。其吐火，先有药在器中，取火一片，与黍糖合之，再三吹呼，已而张口，火满口中，因就爇取以炊，则火也。又取书纸及绳缕之属投火中，众共视之，见其烧爇了尽；乃拨灰中，举而出之，故向物也。

扶南王范寻养虎于山，有犯罪者，投与虎，不噬，乃宥之。故山名大虫，亦名大灵。又养鳄鱼十头，若犯罪者，投与鳄鱼，不噬，乃赦之，无罪者皆不噬。故有鳄鱼池。又尝煮水令沸，以金指环投汤中，然后以手探汤：其直者，手不烂，有罪者，入汤即焦。

戚夫人侍儿贾佩兰，后出为扶风人段儒妻，说："在宫内时，尝以弦管歌舞相欢娱，竞为妖服以趋良时。十月十五日，共入灵女庙，以豚黍乐神，吹笛，击筑，歌《上灵之曲》。既而相与连臂，踏地为节，歌《赤凤皇来》，乃巫俗也。至七月七日，临百子池，作于阗乐。乐毕，以五色缕相羁，谓之'相连绶'。八月四日，出雕房北户，竹下围棋。胜者，终年有福；负者，终年疾病。取丝缕，就北辰星求长命，乃免。九月，佩茱萸，食蓬饵，饮菊花酒，令人长命。菊花舒时，并采茎叶，杂黍米酿之，至来年九月九日始熟，就饮焉，故谓之'菊花酒'。正月上辰，出池边盥濯，食蓬饵，以祓妖邪。三月上巳，张乐于流水。如此终岁焉。"

汉武帝时，幸李夫人，夫人卒后，帝思念不已。方士齐人李少翁，言能致其神。乃夜施帷帐,明灯烛,而令帝居他帐遥望之。见美女居帐中,如李夫人之状,还幄坐而步,又不得就视。帝愈益悲感,为作诗曰:"是耶?非耶?立而望之,偏娜娜,何冉冉其来迟!"令乐府诸音家弦歌之。

汉北海营陵有道人,能令人与已死人相见。其同郡人妇死已数年,闻而往见之,曰:"愿令我一见亡妇,死不恨矣。"道人曰:"卿可往见之。若闻鼓声,即出,勿留。"乃语其相见之术。俄而得见之;于是与妇言语,悲喜恩情如生。良久,闻鼓声恨恨,不能得住。当出户时,忽掩其衣裾户间,掣绝而去。至后岁余,此人身亡。家葬之,开冢,见妇棺盖下有衣裾。

吴孙休有疾,求觋视者,得一人,欲试之。乃杀鹅而埋于苑中,架小屋,施床几,以妇人屐履服物着其上。使觋视之,告曰:"若能说此冢中鬼妇人形状者,当加厚赏,而即信矣。"竟日无言。帝推问之急,乃曰:"实不见有鬼,但见一白头鹅立墓上,所以不即白之。疑是鬼神变化作此相,当候其真形而定。不复移易,不知何故,敢以实上。"

吴孙峻杀朱主,埋于石子冈。归命即位,将欲改葬之,冢墓相亚,不可识别。而宫人颇识主亡时所着衣服,乃使两巫各住一处,以伺其灵。使察战监之,不得相近。久时,二人俱白见一女人,年可三十余,上着青锦束头,紫白裌裳,丹绨丝履,从石子冈上,半冈而以手抑膝长太息,小住须臾,更进一冢上,便止,徘徊良久,奄然不见。二人之言,不谋而合。于是开冢,衣服如之。

夏侯弘自云见鬼,与其言语。镇西谢尚所乘马忽死,忧恼甚至。谢曰:"卿若能令此马生者,卿真为见鬼也。"弘去良久,还曰:"庙神乐君马,故取之。今当活。"尚对死马坐,须臾,马忽自门外走还,至马尸间,便灭,应时能动,起行。谢曰:"我无嗣,是我一身之罚。"弘经时无所告。曰:"顷所见,小鬼耳,必不能辨此源由。"后忽逢一鬼,乘新车,从十许人,着青丝布袍。弘前提牛鼻,车中人谓弘曰:"何以见阻?"弘:"欲有所问。镇西将军谢尚无儿。此君风流令望,不可使之绝祀。"车中人动容曰:"君所道正是仆儿。年少时,与家中婢通,誓约不再婚,而违约;今此婢死,在天诉之,是故无儿。"弘具以告。谢曰:"吾少时诚有此事。"弘于江陵,见一大鬼,提矛戟,有随从小鬼数人。弘畏惧,下路避之。大鬼过后,捉得一小鬼,问:"此何物?"曰:"杀人以此矛戟,若中心腹者,无不辄死。"弘曰:"治此病有方否?"鬼曰:"以乌鸡薄之,即差。"弘曰:"今欲何行?"鬼曰:"当至荆、扬二州。"尔时比日行心腹病,无有不死者,弘乃教人杀乌鸡以薄之,十不失八九。今治中恶辄用乌鸡薄之者,弘之由也。

卷三

汉永平中，会稽钟离意，字子阿，为鲁相。到官，出私钱万三千文，付户曹孔䜣，修夫子车。身入庙，拭几席剑履。男子张伯除堂下草，土中得玉璧七枚，伯怀其一，以六枚白意。意令主簿安置几前，孔子教授堂下床首有悬瓮，意召孔䜣问："此何瓮也？"对曰："夫子瓮也。背有丹书，人莫敢发也。"意曰："夫子，圣人。所以遗瓮，欲以悬示后贤。"因发之。中得素书，文曰："后世修吾书，董仲舒。护吾车，拭吾履，发吾笥，会稽钟离意。璧有七，张伯藏其一。"意即召问："璧有七，何藏一耶？"伯叩头出之。

段翳，字元章，广汉新都人也。习《易经》，明风角。有一生来学。积年，自谓略究要术，辞归乡里。翳为合膏药，并以简书封于筒中，告生曰："有急，发视之。"生到葭萌，与吏争度。津吏挝破从者头。生开筒得书，言："到葭萌，与吏斗，头破者，以此膏裹之。"生用其言，创者即愈。

右扶风臧仲英，为侍御史。家人作食，设案，有不清尘土投污之。炊临熟，不知釜处。兵弩自行。火从箧簏中起，衣物尽烧，而箧簏故完。妇女婢使，一旦尽失其镜；数日，从堂下掷庭中，有人声言："还汝镜。"女孙年三四岁，亡之，求，不知处；两三日，乃于圊中粪下啼。若此非一。汝南许季山者，素善卜卦，卜之，曰："家当有老青狗物，内中侍御者名益喜，与共为之。诚欲绝，杀此狗，遣益喜归乡里。"仲英从之，怪遂绝。后徙为太尉长史，迁鲁相。

太尉乔玄，字公祖，梁国人也。初为司徒长史，五月末，于中门卧，夜半后，见东壁正白，如开门明。呼问左右。左右莫见。因起自往手扪摸之，壁自如故。还床，复见。心大怖恐。其友应劭，适往候之，语次相告。劭曰："乡人有董彦兴者，即许季山外孙也。其探赜索隐，穷神知化，虽睢孟，京房，无以过也。然天性褊狭，羞于卜筮者。"间来候师王叔茂，请往迎之。须臾，便与俱来。公祖虚礼盛馔，下席行觞。彦兴自陈："下土诸生，无他异分。币重言甘，诚有踧踖。颇能别者，愿得从事。"公祖辞让再三，尔乃听之，曰："府君当有怪，白光如门明者。然不为害也。六月上旬，鸡明时，闻南家哭，即吉。到秋节，迁北行，郡以金为名。位至将军三公。"公祖曰："怪异如此，救族不暇，何能致望于所不图？此相饶耳。"至六月九日未明。太尉杨秉暴薨。七月七日，拜钜鹿太守。"钜"边有"金"。后为度辽将军，历登三事。

管辂，字公明，平原人也。善《易》卜。安平太守东莱王基，字伯舆，家数有怪，使辂筮之。卦成，辂曰："君之卦，当有贱妇人，生一男，堕地便走，入灶中死。又，床上当有一大蛇，衔笔，大小共视，须臾便去。又，乌来入室中，与燕共斗，燕死，乌去。有此三卦。"基大惊曰："精义之致，乃至于此，幸为占其吉凶。"辂曰："非有他祸，直官舍久远，魑魅魍魉，共为怪耳。儿生便走，非能自走，直宋无忌之妖将其入灶也。大蛇衔笔者，直老书佐耳。乌与燕斗者，直老铃下耳。夫神明之正，非妖能害也。万物之变，非道所止也。久远之浮精，必能之定数也。今卦中见象，而不见其凶，故知假托之数，非妖咎之征，自无所忧也。昔高宗之鼎，非雉所雊；太戊之阶，非桑所生。然而野鸟一雊，武丁为高宗；桑穀暂生，太戊以兴。焉知三事不为吉祥？愿府君安身养德，从容光大，勿以神奸污累天真。"后卒无他。迁安南将军。后辂乡里刘原，问辂："君往者为王府君论怪云：'老书佐为蛇，老铃下为乌。'此本皆人，何化之微贱乎？为见于爻象，出君意乎？"辂言："苟非性与天道，何由背爻象而任心胸者乎？夫万物之化，无有常形；人之变异，无有定体。或大为小，或小为大，固无优劣。万物之化，一例之道也。是以夏鲧，天子之父，赵王如意，汉高之子，而鲧为黄能，意为苍狗，斯亦至尊之位，而为黔喙之类也。况蛇者协辰巳之位，乌者栖太阳之精，此乃腾黑之明象，白日之流景。如书佐、铃下，各以微躯，化为蛇乌，不亦过乎？"

管辂至平原，见颜超貌主夭亡。颜父乃求辂延命。辂曰："子归，觅清酒一榼，鹿脯一斤，卯日，刘麦地南大桑树下，有二人围棋次。但酌酒置脯，饮尽更斟，以尽为度。若问汝，汝但拜之，勿言。必合有人救汝。"颜依言而往，果见二人围棋，颜置脯，斟酒于前。其人贪戏，但饮酒食脯，不顾。数巡，北边坐者忽见颜在，叱曰："何故在此？"颜唯拜之。南面坐者语曰："适来饮他酒脯，宁无情乎？"北坐者曰："文书已定。"南坐者曰："借文书看之。"见超寿止可十九岁，乃取笔挑上，语曰："救汝至九十年活。"颜拜而回。管语颜曰："大助子，且喜得增寿。北边坐人是北斗，南边坐人是南斗。南斗注生，北斗注死。凡人受胎，皆从南斗过北斗；所有祈求，皆向北斗。"

信都令家妇女惊恐，更互疾病，使辂筮之。辂曰："君北堂西头有两死男子：一男持矛，一男持弓箭。头在壁内，脚在壁外。持矛者主刺头，故头重痛不得举也；持弓箭者主射胸腹，故心中悬痛不得饮食也。昼则浮游，夜来病人，故使惊恐也。"于是掘其室中，入地八尺，果得二棺：一棺中有矛，一棺中有角弓及箭，箭久远，木皆消烂，但有铁及角完耳。乃徙骸骨去城二十里埋之，无复疾病。

利漕民郭恩，字义博，兄弟三人，皆得躄疾。使辂筮其所由。辂曰："卦中有君本墓，墓中有女鬼，非君伯母，当叔母也。昔饥荒之世，当有利其数升米者，排着井中，喷喷有声，推一大石下，破其头，孤魂冤痛，自诉于天耳。"

淳于智，字叔平，济北卢人也。性深沉，有思义。少为书生，能《易》筮，善厌胜之术。高平刘柔，夜卧，鼠啮其左手中指，意甚恶之。以问智，智为筮之，曰："鼠本欲杀君而不能，当为使其反死。"乃以朱书手腕横文后三寸，为田字，可方一寸二分，使夜露手以卧。有大鼠伏死于前。

上党鲍瑗，家多丧病，贫苦，淳于智卜之，曰："君居宅不利，故令君困尔。君舍东北有大桑树。君径至市，入门数十步，当有一人卖新鞭者，便就买还，以悬此树。三年，当暴得财。"瑗承言诣市，果得马鞭。悬之三年，浚井，得钱数十万，铜铁器复二万余，于是业用既展，病者亦无恙。

谯人夏侯藻，母病困，将诣智卜，忽有一狐当门向之嗥叫。藻大愕惧，遂驰诣智。智曰："其祸甚急。君速归，在狐嗥处，拊心啼哭，令家人惊怪，大小毕出，一人不出，啼哭勿休。然其祸仅可免也。"藻还，如其言，母亦扶病而出。家人既集，堂屋五间拉然而崩。

护军张劭母病笃。智筮之，使西出市沐猴，系母臂。令傍人搥拍，恒使作声，三日放去。劭从之，其猴出门，即为犬所咋死，母病遂差。

郭璞，字景纯，行至庐江，劝太守胡孟康急回南渡。康不从，璞将促装去之，爱其婢，无由得，乃取小豆三斗，绕主人宅散之。主人晨起，见赤衣人数千围其家，就视则灭。甚恶之，请璞为卦。璞曰："君家不宜畜此婢，可于东南二十里卖之，慎勿争价，则此妖可除也。"璞阴令人贱买此婢，复为投符于井中，数千赤衣人一一自投于井。主人大悦。璞携婢去，后数旬，而庐江陷。

赵固所乘马忽死，甚悲惜之，以问郭璞。璞曰："可遣数十人持竹竿，东行三十里，有山林陵树，便搅打之。当有一物出，急宜持归。"于是如言，果得一物，似猿。持归，入门，见死马，跳梁走往死马头，嘘吸其鼻。顷之，马即能起。奋迅嘶鸣，饮食如常。亦不复见向物。固奇之，厚加资给。

扬州别驾顾球姊，生十年便病。至年五十余，令郭璞筮，得"大过"之"升"。其辞曰："'大过'卦者义不嘉。冢墓枯杨无英华。振动游魂见龙车。身被重累婴妖邪。法由斩祀杀灵蛇。非己之咎先人瑕。案卦论之可奈何。"球乃迹访其家事，先世曾伐大树，得大蛇，杀之，女便病。病后，有群鸟数千，回翔屋上，人皆怪之，不知何故，有县农行过舍边，仰视，见龙牵车，五色晃烂，其大非常，有顷遂灭。

义兴方叔保得伤寒，垂死，令璞占之，不吉，令求白牛厌之。求之不得，唯羊子玄有一白牛，不肯借。璞为致之，即日有大白牛从西来，径往。临，叔保惊惶、病即愈。

西川费孝先，善轨革，世皆知名，有大若人王旻，因货殖至成都，求为卦。孝先曰："教住莫住，教洗莫洗。一石谷捣得三斗米。遇明即活，遇暗即死。"再三戒之，令诵此言足矣。旻志之。及行，途中遇大雨，憩一屋下，路人盈塞，乃思曰："教住莫住，得非此耶？"遂冒雨行，未几，屋遂颠覆，独得免焉。旻之妻已私邻比，欲媾终身之好，俟旋归，将致毒谋。旻既至，妻约其私人曰："今夕新沐者，乃夫也。"将晡，呼旻洗沐，重易巾栉。旻悟曰："教洗莫洗，得非此耶？"坚不从。妻怒，不省，自沐。夜半反被害。既觉惊呼，邻里共视，皆莫测其由。遂被囚系拷讯。狱就，不能自辨。郡守录状，旻泣言："死即死矣，但孝先所言，终无验耳。"左右以是语上达。郡守命未得行法，呼旻。问曰："汝邻比何人也？"曰："康七。"遂遣人捕之："杀汝妻者，必此人也。"已而果然。因谓僚佐曰：

"一石谷捣得三斗米,非康七乎?"由是辨雪,诚遇明即活之效。

隗炤,汝阴鸿寿亭民也。善《易》,临终书板,授其妻曰:"吾亡后,当大荒。虽尔,而慎莫卖宅也。到后五年春,当有诏使来顿此亭,姓龚,此人负吾金,即以此板往责之。勿负言也。"亡后,果大困,欲卖宅者数矣,忆夫言,辄止。至期,有龚使者,果止亭中,妻遂赍板责之。使者执板,不知所言,曰:"我平生不负钱,此何缘尔邪?"妻曰:"夫临亡,手书板见命如此,不敢妄也。"使者沉吟良久而悟,乃命取蓍筮之。卦成,抵掌叹曰:"妙哉隗生!含明隐迹而莫之闻,可谓镜穷达而洞吉凶者也。"于是告其妻曰:"吾不负金,贤夫自有金。乃知亡后当暂穷,故藏金以待太平。所以不告儿妇者,恐金尽而困无已也。知吾善《易》,故书板以寄意耳。金五百斤,盛以青罂,覆以铜柈,埋在堂屋东头,去壁一丈,入地九尺。"妻还掘之,果得金,皆如所卜。

韩友,字景先,庐江舒人也。善占卜,亦行京房厌胜之术。刘世则女病魅积年,巫为攻祷,伐空冢故城间,得狸鼍数十,病犹不差。友筮之,命作布囊,俟女发时,张囊着窗牖间。友闭户作气,若有所驱。须臾间,见囊大胀,如吹,因决败之。女仍大发。友乃更作皮囊二枚沓张之,施张如前,囊复胀满。因急缚囊口,悬着树,二十许日,渐消。开视,有二斤狐毛。女病遂差。

会稽严卿善卜筮。乡人魏序欲东行,荒年多抄盗,令卿筮之。卿曰:"君慎不可东行。必遭暴害。而非劫也。"序不信。卿曰:"既必不停,宜有以禳之。可索西郭外独母家白雄狗,系着船前。"求索,止得驳狗,无白者。卿曰:"驳者亦足。然犹恨其色不纯。当余小毒,止及六畜辈耳。无所复忧。"序行半路,狗忽然作声,甚急,有如人打之者。比视,已死,吐黑血斗余。其夕,序墅上白鹅数头,无故自死。序家无恙。

沛国华佗,字元化,一名旉。琅邪刘勋为河内太守,有女,年几二十,苦脚左膝有疮,痒而不痛,疮愈数十日复发,如此七八年。迎佗使视。佗曰:"是易治之。当得稻糠黄色犬一头,好马二匹。"以绳系犬颈,使走马牵犬,马极辄易,计马走三十余里,犬不能行,复令步人拖曳,计向五十里,乃以药饮女。女即安卧不知人,因取大刀断犬腹近后脚之前,以所断之处向疮口,令去二三寸停之。须臾,有若蛇者,从疮中出,便以铁椎横贯蛇头,蛇在皮中动摇良久,须臾,不动,乃牵出,长三尺许,纯是蛇,但有眼处而无瞳子,又逆鳞耳。以膏散着疮中,七日愈。

佗尝行道,见一人病咽,嗜食不得下,家人车载,欲往就医。佗闻其呻吟声,驻车往视,语之曰:"向来道边,有卖饼家蒜齑大酢,从取三升饮之,病自当去。"即如佗言,立吐蛇一枚。

卷四

  风伯，雨师，星也。风伯者，箕星也。雨师者，毕星也。郑玄谓：司中、司命，文星第四、第五星也。雨师一曰屏翳，一曰屏号，一曰玄冥。

  蜀郡张宽，字叔文，汉武帝时为侍中。从祀甘泉，至渭桥，有女子浴于渭水，乳长七尺。上怪其异，遣问之。女曰："帝后第七车者知我所来。"时宽在第七车。对曰："天星，主祭祀者，斋戒不洁，则女人见。"

  文王以太公望为灌坛令。期年，风不鸣条。文王梦一妇人，甚丽，当道而哭。问其故，曰："吾泰山之女，嫁为东海妇，欲归，今为灌坛令当道有德，废我行；我行，必有大风疾雨，大风疾雨，是毁其德也。"文王觉，召太公问之。是日果有疾雨暴风，从太公邑外而过。文王乃拜太公为大司马。

  胡母班，字季友，泰山人也。曾至泰山之侧，忽于树间，逢一绛衣驺，呼班云："泰山府君召。"班惊愕，逡巡未答。复有一驺出，呼之。遂随行数十步，驺请班暂瞑，少顷，便见宫室，威仪甚严。班乃入阁拜谒，主为设食，语班曰："欲见君，无他，欲附书与女婿耳。"班问："女郎何在？"曰："女为河伯妇。"班曰："辄当奉书，不知缘何得达？"答曰："今适河中流，便扣舟呼'青衣'，当自有取书者。"班乃辞出。昔驺复令闭目，有顷，忽如故道。遂西行，如神言而呼青衣。须臾，果有一女仆出，取书而没。少顷，复出。云："河伯欲暂见君。"婢亦请瞑目。遂拜谒河伯。河伯乃大设酒食，词旨殷勤。临去，谓班曰："感君远为致书，无物相奉。"于是命左右："取吾青丝履来！"以贻班。班出，瞑然，忽得还舟。遂于长安经年而还。至泰山侧，不敢潜过，遂扣树自称姓名，从长安还，欲启消息。须臾，昔驺出，引班如向法而进。因致书焉。府君请曰："当别再报。"班语讫，如厕，忽见其父着械徒作，此辈数百人。班进拜流涕问："大人何因及此？"父云："吾死不幸，见谴三年，今已二年矣。困苦不可处。

知汝今为明府所识，可为吾陈之。乞免此役。便欲得社公耳。"班乃依教，叩头陈乞。府君曰："生死异路，不可相近，身无所惜。"班苦请，方许之。于是辞出，还家。岁余，儿子死亡略尽。班惶惧，复诣泰山，扣树求见。昔驺遂迎之而见。班乃自说："昔辞旷拙，及还家，儿死亡至尽。今恐祸故未已，辄来启白，幸蒙哀救。"府君拊掌大笑曰："昔语君'死生异路，不可相近'故也。"即敕外召班父。须臾，至庭中问之："昔求还里社，当为门户作福，而孙息死亡至尽，何也？"答云："久别乡里，自忻得还，又遇酒食充足，实念诸孙，召之。"于是代之。父涕泣而出。班遂还。后有儿皆无恙。

宋时，弘农冯夷，华阴潼乡堤首人也。以八月上庚日渡河，溺死。天帝署为河伯。又《五行书》曰："河伯以庚辰日死，不可治船远行，溺没不返。"

吴余杭县南，有上湖，湖中央作塘。有一人乘马看戏，将三四人，至岑村饮酒，小醉，暮还，时炎热，因下马入水中，枕石眠。马断走归，从人悉追马，至暮不返。眠觉，日已向晡，不见人马。见一妇来，年可十六七，云："女郎再拜，日既向暮，此间大可畏，君作何计？"因问："女郎何姓？那得忽相闻？"复有一少年，年十三四，甚了了，乘新车，车后二十人，至，呼上车，云："大人暂欲相见。"因回车而去。道中绎络把火，见城郭邑居。既入城，进厅事，上有信幡，题云："河伯信。"俄见一人，年三十许，颜色如画，侍卫烦多，相对欣然，敕行酒炙，笑云："仆有小女，颇聪明，欲以给君箕帚。"此人知神，不敢拒逆。便敕备办，会就郎中婚。承白已办。遂以丝布单衣，及纱袷绢裙、纱衫裤、履屐，皆精好。又给十小吏，青衣数十人。妇年可十八九，姿容婉媚，便成。三日，经大会客拜阁，四日，云："礼既有限，发遣去。"妇以金瓯麝香囊与婿别，涕泣而分。又与钱十万，药方三卷，云："可以施功布德。"复云："十年当相迎。"此人归家，遂不肯别婚，辞亲出家作道人。所得三卷方：一卷《脉经》，一卷《汤方》，一卷《丸方》。周行救疗，皆致神验。后母老，兄丧，因还婚宦。

秦始皇三十六年，使者郑容从关东来，将入函关，西至华阴，望见素车白马，从华山上下。疑其非人，道住止而待之。遂至，问郑容曰："安之?"答曰:"之咸阳。"车上人曰:"吾华山使也。愿托一牍书,致镐池君所。子之咸阳,道过镐池,见一大梓,下有文石,取款梓,当有应者。"即以书与之。容如其言,以石款梓树,果有人来取书。明年,祖龙死。

张璞,字公直,不知何许人也。为吴郡太守,征还,道由庐山,子女观于祠室,婢使指像人以戏曰:"以此配汝。"其夜,璞妻梦庐君致聘曰:"鄙男不肖,感垂采择,用致微意。"妻觉,怪之。婢言其情。于是妻惧,催璞速发。中流,舟不为行。阖船震恐。乃皆投物于水,船犹不行。或曰:"投女。"则船为进。皆曰:"神意已可知也。以一女而灭一门,奈何?"璞曰:"吾不忍见之。"乃上飞庐卧,使妻沉女于水。妻因以璞亡兄孤女代之。置席水中,女坐其上,船乃得去。璞见女之在也,怒曰:"吾何面目于当世也。"乃复投己女。及得渡,遥见二女在下。有吏立于岸侧,曰:"吾庐君主簿也。庐君谢君。知鬼神非匹。又敬君之义,故悉还二女。"后问女。言:"但见好屋吏卒,不觉在水中也。"

建康小吏曹著,为庐山使所迎,配以女婉。著形意不安,屡屡求请退。婉潸然垂涕,赋诗序别。并赠织成裈衫。

宫亭湖孤石庙,尝有估客至都,经其庙下,见二女子,云:"可为买两量丝履,自相厚报。"估客至都,市好丝履,并箱盛之,自市书刀,亦内箱中。既还,以箱及香置庙中而去,忘取书刀。至河中流,忽有鲤鱼跳入船内,破鱼腹,得书刀焉。

南州人有遣吏献犀簪于孙权者,舟过宫亭庙而乞灵焉。神忽下教曰:"须汝犀簪。"吏惶遽不敢应。俄而犀簪已前列矣。神复下教曰:"俟汝至石头城,返汝簪。"吏不得已,遂行,自分失簪,且得死罪。比达石头,忽有大鲤鱼,长三尺,跃入舟。剖之,得簪。

郭璞过江,宣城太守殷祐,引为参军。时有一物,大如水牛,灰色,卑脚,脚类象,胸前尾上皆白,大力而迟钝,来到城下,众咸怪焉。祐使人伏而取之。令璞作卦,遇"遯"之"蛊",名曰"驴鼠"。卜适了,伏者以戟刺,深尺余。郡纲纪上祠请杀之。巫云:"庙神不悦。此是邾亭庐山君使。至荆山,暂来过我,不须触之。"遂去,不复见。

庐陵欧明,从贾客,道经彭泽湖,每以舟中所有,多少投湖中,云:"以为礼。"积数年,后复过,忽见湖中有大道,上多风尘,有数吏,乘车马来候明，云："是青洪君使要。"须臾达，见有府舍，门下吏卒。明甚怖。吏曰："无可怖！青洪君感君前后有礼，故要君，必有重遗君者。君勿取，独求'如愿'耳。"明既见青洪君，乃求"如愿"，使逐明去。如愿者，青洪君婢也。明将归，所愿辄得，数年，大富。

益州之西，云南之东，有神祠，克山石为室，下有神，奉祠之，自称黄公。因言：此神，张良所受黄石公之灵也。清净不宰杀。诸祈祷者，持一百钱，一双笔，一丸墨，置石室中，前请乞，先闻石室中有声，须臾，问："来人何欲？"既言，便具语吉凶，不见其形。至今如此。

永嘉中，有神见兖州，自称樊道基。有妪，号成夫人。夫人好音乐，能弹箜篌，闻人弦歌，辄便起舞。

沛国戴文谋，隐居阳城山中，曾于客堂食际，忽闻有神呼曰："我天帝使者，欲下凭君，可乎？"文闻甚惊。又曰："君疑我也？"文乃跪曰："居贫，恐不足降下耳。"既而洒扫设位，朝夕进食，甚谨。后于室内窃言之。妇曰："此恐是妖魅凭依耳。"文曰："我亦疑之。"及祠飨之时，神乃言："吾相从，方欲相利，不意有疑心异议。"文辞谢之际，忽堂上如数十人呼声，出视之，见一大鸟，五色，白鸠数十随之，东北入云而去，遂不见。

糜竺，字子仲，东海朐人也。祖世货殖，家赀巨万。常从洛归，未至家数十里，见路次有一好新妇，从竺求寄载。行可二十余里，新妇谢去，谓竺曰："我天使也。当往烧东海糜竺家，感君见载，故以相语。"竺因私请之。妇曰："不可得不烧。如此，君可快去。我当缓行，日中，必火发。"竺乃急行归，达家，便移出财物。日中而火大发。

汉宣帝时，南阳阴子方者，性至孝。积恩，好施。喜祀灶。腊日，晨炊，而灶神形见。子方再拜受庆，家有黄羊，因以祀之。自是已后，暴至巨富。田七百余顷，舆马仆隶，比于邦君。子方尝言："我子孙必将强大。"至识三世，而遂繁昌。家凡四侯，牧守数十。故后子孙尝以腊日祀灶，而荐黄羊焉。

吴县张成，夜起，忽见一妇人立于宅南角，举手招成，曰："此是君家之蚕室。我即此地之神。明年正月十五，宜作白粥，泛膏于上。"以后年年大得蚕。今之作膏糜像此。

豫章有戴氏女，久病不差，见一小石，形像偶人，女谓曰："尔有人形,岂神?能差我宿疾者,吾将重汝。"其夜,梦有人告之:"吾将佑汝。"自后疾渐差。遂为立祠山下。戴氏为巫,故名戴侯祠。

汉阳羡长刘𬭚尝言:"我死当为神。"一夕,饮醉,无病而卒。风雨,失其柩。夜闻荆山有数千人噉声,乡民往视之,则棺已成冢。遂改为君山,因立祠祀之。

卷五

　　蒋子文者，广陵人也。嗜酒，好色，挑达无度。常自谓："己骨清，死当为神。"汉末，为秣陵尉，逐贼至钟山下，贼击伤额，因解绶缚之，有顷遂死。及吴先主之初，其故吏见文于道，乘白马，执白羽扇，侍从如平生。见者惊走。文追之，谓曰："我当为此土地神，以福尔下民。尔可宣告百姓，为我立祠。不尔，将有大咎。"是岁夏，大疫，百姓窃相恐动，颇有窃祠之者矣。文又下巫祝："吾将大启佑孙氏，宜为我立祠；不尔，将使虫入人耳为灾。"俄而小虫如尘虻，入耳，皆死，医不能治。百姓愈恐。孙主未之信也。又下巫祝："吾不祀我，将又以大火为灾。"是岁，火灾大发，一日数十处。火及公宫。议者以为鬼有所归，乃不为厉，宜有以抚之。于是使使者封子文为中都侯，次弟子绪为长水校尉，皆加印绶。为立庙堂。转号钟山为蒋山，今建康东北蒋山是也。自是灾厉止息，百姓遂大事之。

　　刘赤父者，梦蒋侯召为主簿。期日促，乃往庙陈请："母老，子弱，情事过切。乞蒙放恕。会稽魏过，多材艺，善事神，请举过自代。"因叩头流血。庙祝曰："特愿相屈，魏过何人，而有斯举？"赤父固请，终不许，寻而赤父死焉。

　　咸、宁中，太常卿韩伯子某，会稽内史王蕴子某，光禄大夫刘耽子某，同游蒋山庙。庙有数妇人像，甚端正。某等醉，各指像以戏，自相配匹。即以其夕，三人同梦蒋侯遣传教相闻，曰："家子女并丑陋，而猥垂荣顾。辄刻某日，悉相奉迎。"某等以其梦指适异常，试往相问，而果各得此梦，符协如一。于是大惧。备三牲，诣庙谢罪乞哀。又俱梦蒋侯亲来降己，曰："君等既已顾之，实贪会对。克期垂及，岂容方更中悔？"经少时并亡。

　　会稽鄮县东野有女子，姓吴，字望子，年十六，姿容可爱。其乡里有解鼓舞神者，要之，便往。缘塘行，半路忽见一贵人，端正非常。贵人乘船，挺力十余，皆整顿。令人问望子："欲何之？"具以事对。贵人云："今正欲往彼，便可入船共去。"望子辞不敢。忽然不见。望子既拜神座，见向船中贵人，俨然端坐，即蒋侯像也。问望子："来何迟？"因掷两橘与之。数数形见，遂隆情好。心有所欲，辄空中下之。尝思噉鲤，一双鲜鲤随心而至。望子芳香，流闻数里，颇有神验。一邑共事奉。经三年，望子忽生外意，神便绝往来。

陈郡谢玉，为琅邪内史，在京城，所在虎暴，杀人甚众。有一人，以小船载年少妇，以大刀插着船，挟暮来至逻所，将出语云："此间顷来甚多草秽，君载细小，作此轻行，大为不易。可止逻宿也。"相问讯既毕，逻将适还去。其妇上岸，便为虎将去；其夫拔刀大唤，欲逐之。先奉事蒋侯，乃唤求助。如此当行十里，忽如有一黑衣为之导，其人随之，当复二十里，见大树，既至一穴，虎子闻行声，谓其母至，皆走出，其人即其所杀之。便拔刀隐树侧，住良久，虎方至，便下妇着地，倒牵入穴。其人以刀当腰斫断之。虎既死，其妇故活。向晓，能语。问之，云："虎初取，便负着背上，临至而后下之。四体无他，止为草木伤耳。"扶归还船，明夜，梦一人语之曰："蒋侯使助汝，知否？"至家，杀猪祠焉。

淮南全椒县有丁新妇者，本丹阳丁氏女，年十六，适全椒谢家。其姑严酷，使役有程，不如限者，仍便笞捶不可堪。九月九日，乃自经死。遂有灵响，闻于民间。发言于巫祝曰："念人家妇女，作息不倦，使避九月九日，勿用作事。"见形，着缥衣，戴青盖，从一婢，至牛渚津，求渡。有两男子，共乘船捕鱼，仍呼求载。两男子笑共调弄之，言："听我为妇，当相渡也。"丁妪曰："谓汝是佳人，而无所知。汝是人，当使汝入泥死；是鬼，使汝入水。"便却入草中。须臾，有一老翁，乘船，载苇。妪从索渡。翁曰："船上无装，岂可露渡？恐不中载耳。"妪言："无苦。"翁因出苇半许，安处着船中，径渡之。至南岸，临去，语翁曰："吾是鬼神，非人也。自能得过，然宜使民间粗相闻知。翁之厚意，出苇相渡，深有惭感，当有以相谢者。若翁速还去，必有所见，亦当有所得也。"翁曰："恐燥湿不至，何敢蒙谢。"翁还西岸，见两男子覆水中。进前数里，有鱼千数，跳跃水边，风吹至岸上。翁遂弃苇，载鱼以归。于是丁妪遂还丹阳。江南人皆呼为丁姑。九月九日，不用做事，咸以为息日也。今所在祠之。

散骑侍郎王祐,疾困,与母辞诀,既而闻有通宾者,曰:"某郡,某里,某人,尝为别驾。"祐亦雅闻其姓字,有顷,奄然来至,曰:"与卿士类有自然之分,又州里,情便款然。今年国家有大事,出三将军,分布征发。吾等十余人,为赵公明府参佐,至此仓促,见卿有高门大屋,故来投,与卿相得,大不可言。"祐知其鬼神,曰:"不幸疾笃,死在旦夕,遭卿,以性命相托。"答曰:"人生有死,此必然之事。死者不系生时贵贱。吾今见领兵三千,须卿得度簿相付,如此地难得,不宜辞之。"祐曰:"老母年高,兄弟无有,一旦死亡,前无供养。"遂唏嘘不能自胜。其人怆然曰:"卿位为常伯,而家无余财,向闻与尊夫人辞诀,言辞哀苦,然则卿国士也,如何可令死。吾当相为。"因起去:"明日更来。"其明日又来。祐曰:"卿许活吾,当卒恩否?"答曰:"大老子业已许卿,当复相欺耶!"见其从者数百人,皆长二尺许,乌衣军服,赤油为志。祐家击鼓祷祀,诸鬼闻鼓声,皆应节起舞,振袖,飒飒有声。祐将为设酒食。辞曰:"不须。"因复起去。谓祐曰:"病在人体中,如火。当以水解之。"因取一杯水,发被灌之。又曰:"为卿留赤笔十余枝,在荐下,可与人,使簪之。出入辟恶灾,举事皆无恙。"因道曰:"王甲、李乙,吾皆与之。"遂执祐手与辞。时祐得安眠,夜中忽觉,乃呼左右,令开被:"神以水灌我,将大沾濡。"开被而信有水,在上被之下,下被之上,不浸,如露之在荷。量之,得三升七合。于是疾三分愈二。数日大除。凡其所道当取者,皆死亡。唯王文英,半年后乃亡。所道与赤笔人,皆经疾病及兵乱,皆亦无恙。初,有妖书云:"上帝以三将军赵公明、钟士季各督数鬼下取人。"莫知所在。祐病差,见此书,与所道赵公明合。

汉下邳周式尝至东海,道逢一吏,持一卷书,求寄载。行十余里,谓式曰:"吾暂有所过,留书寄君船中,慎勿发之。"去后,式盗发现书,皆诸死人录,下条有式名。须臾,吏还,式犹视书。吏怒曰:"故以相告,而忽视之。"式叩头流血,良久,吏曰:"感卿远相载,此书不可除卿名。今日已去,还家,三年勿出门,可得度也。勿道见吾书。"式还,不出,已二年余,家皆怪之。邻人卒亡,父怒,使往吊之。式不得已,适出门,便见此吏。吏曰:"吾令汝三年勿出,而今出门,知复奈何?吾求不见,连累为鞭杖,今已见汝,无可奈何。后三日,日中,当相取也。"式还,涕泣具道如此。父故不信。母昼夜与相守。至三日日中时,果见来取,便死。

南顿张助,于田中种禾,见李核,欲持去,顾见空桑,中有土,因植种,以余浆溉灌。后人见桑中反复生李,转相告语,有病目痛者,息阴下,言:"李君令我目愈,谢以一豚。"目痛小疾,亦行自愈。众犬吠声,盲者得视,远近翕赫,其下车骑常数千百,酒肉滂沱。间一岁余,张助远出来还,见之,惊云:"此有何神,乃我所种耳。"因就斫之。

王莽居摄,刘京上言:"齐郡临淄县亭长辛当,数梦人谓曰:'吾,天使也。摄皇帝,当为真。即不信我,此亭中当有新井出。'亭长起视,亭中果有新井。入地百尺。"

卷六

妖怪者，盖精气之依物者也。气乱于中，物变于外，形神气质，表里之用也。本于五行，通于五事，虽消息升降，化动万端，其于休咎之征，皆可得域而论矣。

夏桀之时厉山亡，秦始皇之时三山亡，周显王三十二年宋大丘社亡，汉昭帝之末，陈留、昌邑社亡。京房《易传》曰："山默然自移，天下兵乱，社稷亡也。"故会稽山阴琅邪中有怪山，世传本琅邪东武海中山也，时天夜，风雨晦冥，旦而见武山在焉，百姓怪之，因名曰怪山，时东武县山，亦一夕自亡去，识其形者，乃知其移来。今怪山下见有东武里，盖记山所自来，以为名也。又交州山移至青州朐县。凡山徙，皆不极之异也。此二事未详其世。《尚书·金縢》曰："山徙者，人君不用道士，贤者不兴，或禄去公室，赏罚不由君，私门成群，不救，当为易世变号。"说曰："善言天者，必质于人；善言人者，必本于天。故天有四时，日月相推，寒暑迭代，其转运也。和而为雨，怒而为风，散而为露，乱而为雾，凝而为霜雪，张而为虹霓，此天之常数也。人有四肢五脏，一觉一寐，呼吸吐纳，精气往来，流而为荣卫，彰而为气色，发而为声音，此亦人之常数也。若四时失运，寒暑乖违，则五纬盈缩，星辰错行，日月薄蚀，彗孛流飞，此天地之危诊也。寒暑不时，此天地之蒸否也。石立，土踊，此天地之瘤赘也。山崩，地陷，此天地之痈疽也。冲风，暴雨，此天地之奔气也。雨泽不降，川渎涸竭，此天地之焦枯也。

商纣之时，大龟生毛，兔生角，兵甲将兴之象也。

周宣王三十三年，幽王生，是岁，有马化为狐。

晋献公二年，周惠王居于郑，郑人入玉府，多取玉，玉化为蜮，射人。

周隐王二年四月，齐地暴长，长丈余，高一尺五寸。京房《易妖》曰："地四时暴长，占：春、夏多吉，秋、冬多凶。"历阳之郡，一夕沦入地中而为水泽,今麻湖是也。不知何时。《运斗枢》曰:"邑之沦,阴吞阳,下相屠焉。"

周哀王八年,郑有一妇人,生四十子,其二十人为人,二十人死。其九年,晋有豕生人,吴赤乌七年,有妇人一生三子。

周烈王六年,林碧阳君之御人产二龙。

鲁严公八年,齐襄公田于贝丘,见豕,从者曰:"公子彭生也。"公怒,射之,豕人立而啼,公惧,坠车,伤足,丧屦。刘向以为近豕祸也。

鲁严公时,有内蛇与外蛇斗郑南门中。内蛇死。刘向以为近蛇孽也。京房《易传》曰:"立嗣子疑,厥妖蛇居国门斗。"

鲁昭公十九年,龙斗于郑时门之外洧渊。刘向以为近龙孽也。京房《易传》曰:"众心不安,厥妖龙斗其邑中也。"

鲁定公元年,有九蛇绕柱,占,以为九世庙不祀,乃立炀宫。

秦孝公二十一年,有马生人。昭王二十年,牡马生子而死。刘向以为皆马祸也。京房《易传》曰:"方伯分威,厥妖牡马生子。上无天子,诸侯相伐,厥妖马生人。"

魏襄王十三年,有女子化为丈夫,与妻生子。京房《易传》曰:"女子化为丈夫,兹谓阴昌,贱人为王。丈夫化为女子,兹谓阴胜阳,厥咎亡。"一曰:"男化为女宫刑滥,女化为男妇政行也。"

秦惠文王五年,游朐衍,有献五足牛,时秦世大用民力,天下叛之。京房《易传》曰:"兴徭役,夺民时,厥妖牛生五足。"

秦始皇二十六年,有大人长五丈,足履六尺,皆夷狄服,凡十二人,见于临洮,乃作金人十二以象之。

汉惠帝二年,正月癸酉旦,有两龙现于兰陵廷东里温陵井中,至乙亥夜,去。京房《易传》曰:"有德遭害,厥妖龙见井中。"又曰:"行刑暴恶,黑龙从井出。"

汉文帝十二年,吴地有马生角,在耳前,上向,右角长三寸,左角长二寸,皆大二寸。刘向以为马不当生角,犹吴不当举兵向上也,吴将反之变云。京房《易传》曰:"臣易上,政不顺,厥妖马生角。兹谓贤士不足。"又曰:"天子亲伐,马生角。"

文帝后元五年六月,齐雍城门外有狗生角。京房《易传》曰:"执政失,下将害之,厥妖狗生角。"

汉景帝元年九月,胶东下密人,年七十余,生角,角有毛。京房《易传》曰:"冢宰专政,厥妖人生角。"《五行志》以为人不当生角,犹诸侯不敢举兵以向京师也。其后遂有七国之难。至晋武帝泰始五年,元城人,年七十,生角。殆赵王伦篡乱之应也。

汉景帝三年,邯郸有狗与彘交,是时赵王悖乱,遂与六国反,外结匈奴以为援。《五行志》以为:犬,兵革失众之占;豕,北方匈奴之象。逆言失听,交于异类,以生害也。京房《易传》曰:"夫妇不严,厥妖狗与豕交。兹谓反德,国有兵革。"

景帝三年十一月,有白颈乌与黑乌群斗楚国吕县。白颈不胜,堕泗水中死者数千。刘向以为近白黑祥也。时楚王戊暴逆无道,刑辱申公,与吴谋反。乌群斗者,师战之象也。白颈者小,明小者败也。坠于水者,将死水地。王戊不悟,遂举兵应吴,与汉大战,兵败而走,至于丹徒。为越人所斩,堕泗水之效也。京房《易传》曰:"逆亲亲,厥妖白黑乌斗于国中。"燕王旦之谋反也,又有一乌,一鹊,斗于燕宫中池上,乌堕池死。《五行志》以为楚、燕皆骨肉藩臣,骄恣而谋不义,俱有乌鹊斗死之祥。行同而占合,此天人之明表也。燕阴谋未发,独王自杀于宫,故一乌而水色者死;楚炕阳举兵,军师大败于野,故乌众而金色者死:天道精微之效也。京房《易传》曰:"颛征劫杀,厥妖乌鹊斗。"

景帝十六年,梁孝王田北山,有献牛足上出背上者。刘向以为近牛祸,内则思虑霿乱,外则土功过制,故牛祸作。足而出于背,下奸上之象也。

汉武帝太始四年七月,赵有蛇从郭外入,与邑中蛇斗孝文庙下。邑中蛇死。后二年秋,有卫太子事,自赵人江充起。

汉昭帝元凤元年九月,燕有黄鼠衔其尾舞王宫端门中。王往视之,鼠舞如故。王使吏以酒脯祠,鼠舞不休。一日一夜死。时燕王旦谋反,将死之象也。京房《易传》曰:"诛不原情,厥妖鼠舞门。"

昭帝元凤三年正月,泰山芜莱山南汹汹有数千人声。民往视之,有大石自立,高丈五尺,大四十八围,入地深八尺,三石为足。石立后,有白乌数千集其旁。宣帝中兴之瑞也。

昭帝时上林苑中大柳树断,仆地,一朝起立,生枝叶,有虫食其叶,成文字,曰:"公孙病已立。"

昭帝时,昌邑王贺见大白狗,冠"方山冠"而无尾。至熹平中,省内冠狗带绶以为笑乐,有一狗突出,走入司空府门,或见之者,莫不惊怪。京房《易传》曰:"君不正,臣欲篡,厥妖狗冠出朝门。"

汉宣帝黄龙元年,未央殿辂軨中雌鸡化为雄,毛衣变化,而不鸣,不将,无距。元帝初元元年,丞相府史家雌鸡伏子,渐化为雄,冠距鸣将。至永光中有献雄鸡生角者。《五行志》以为王氏之应。京房《易传》曰:"贤者居明夷之世,知时而伤,或众在位,厥妖鸡生角。"又曰:"妇人专政,国不静,牝鸡雄鸣,主不荣。"

宣帝之世,燕、岱之间,有三男共娶一妇,生四子,及至将分妻子而不可均,乃致争讼。廷尉范延寿断之曰:"此非人类,当以禽兽,从母不从父也。请戮三男,以儿还母。"宣帝嗟叹曰:"事何必古,若此,则可谓当于理而厌人情也。"延寿盖见人事而知用刑矣,未知论人妖将来之验也。

汉元帝永光二年八月,天雨草,而叶相樛结,大如弹丸。至平帝元始三年正月,天雨草,状如永光时。京房《易传》曰:"君吝于禄,信衰,贤去,厥妖天雨草。"

元帝建昭五年,兖州刺史浩赏,禁民私所自立社。山阳橐茅乡社有大槐树,吏伐断之,其夜树复立故处。说曰:"凡枯断复起,皆废而复兴之象也。"是世祖之应耳。

汉成帝建始四年九月,长安城南,有鼠衔黄蒿、柏叶,上民冢柏及榆树上为巢,桐柏为多,巢中无子,皆有干鼠矢数升。时议臣以为恐有水灾。鼠盗窃小虫,夜出,昼匿,今正昼去穴而登木,象贱人将居贵显之占。桐柏,卫思后园所在也,其后赵后自微贱登至尊,与卫后同类,赵后终无子,而为害。明年,有鸢焚巢杀子之象云。京房《易传》曰:"臣私禄罔干,厥妖鼠巢。"

成帝河平元年,长安男子石良、刘音相与同居,有如人状,在其室中,击之,为狗,走出。去后,有数人披甲,持弓弩至良家。良等格击,或死或伤,皆狗也。自二月至六月,乃止。其于《洪范》,皆犬祸,言不从之咎也。

成帝河平元年二月庚子，泰山山桑谷，有鸢焚其巢。男子孙通等闻山中群鸟鸢鹊声，往视之，见巢燃，尽堕池中，有三鸢鷇，烧死。树大四围，巢去地五丈五尺。《易》曰："鸟焚其巢，旅人先笑后号咷。"后卒成易世之祸云。

成帝鸿嘉四年秋，雨鱼于信都，长五寸以下。至永始元年春，北海出大鱼，长六丈，高一丈，四枚。哀帝建平三年，东莱平度出大鱼，长八丈，高一丈一尺，七枚。皆死。灵帝熹平二年，东莱海出大鱼二枚，长八九丈，高二丈余。京房《易传》曰："海数见巨鱼，邪人进，贤人疏。"

成帝永始元年二月，河南街邮樗树生枝，如人头，眉目须皆具，亡发耳。至哀帝建平三年十月，汝南西平遂阳乡有材仆地生枝，如人形，身青黄色，面白，头有髭发，稍长大，凡长六寸一分。京房《易传》曰："王德衰，下人将起，则有木生为人状。"其后有王莽之篡。

成帝绥和二年二月，大厩马生角，在左耳前，围长各二寸。是时王莽为大司马，害上之萌，自此始矣。

成帝绥和二年三月，天水平襄有燕生雀，哺食至大，俱飞去。京房《易传》曰："贼臣在国，厥咎燕生雀，诸侯销。"又曰："生非其类，子不嗣世。"

汉哀帝建平三年，定襄有牡马生驹，三足，随群饮食，《五行志》以为：马，国之武用。三足，不任用之象也。

哀帝建平三年，零陵有树僵地，围一丈六尺，长十丈七尺，民断其本，长九尺余，皆枯，三月，树卒自立故处。京房《易传》曰："弃正，作淫，厥妖本断自属。妃后有颛，木仆反立，断枯复生。"

哀帝建平四年四月，山阳方与女子田无啬生子，未生二月前，儿啼腹中，及生，不举，葬之陌上。后三日，有人过，闻儿啼声。母因掘收养之。

哀帝建平四年夏，京师郡国民聚会里巷阡陌，设张博具歌舞，祠西王母。又传书曰："母告百姓，佩此书者不死。不信我言，视门枢下，当有白发。"至秋乃止。

哀帝建平中，豫章有男子化为女子，嫁为人妇，生一子。长安陈凤曰："阳变为阴，将亡继嗣，自相生之象"。一曰："嫁为人妇，生一子者，将复一世乃绝。"故后哀帝崩，平帝没，而王莽篡焉。

汉平帝元始元年二月，朔方广牧女子赵春病死，既棺殓，积七日，出在棺外。自言见夫死父，曰："年二十七，汝不当死。"太守谭以闻，说曰："至阴为阳，下人为上。厥妖人死复生。"其后王莽篡位。

汉平帝元始元年六月，长安有女子生儿，两头两颈，面俱相向；四臂共胸，俱前向，尻上有目，长二寸所。京房《易传》曰："'睽孤，见豕负涂。'厥妖人生两头，下相攘善，妖亦同。人若六畜首目在下，兹谓亡上，政将变更。厥妖之作，以谴失正，各象其类。两颈，下不一也。手多，所任邪也。足少，下不胜任，或不任下也。凡下体生于上，不敬也；上体生于下，媟渎也。生非其类，淫乱也；人生而大，上速成也；生而能言，好虚也。群妖推此类。不改，乃成凶也。"

汉章帝元和元年，代郡高柳乌生子，三足，大如鸡，色赤，头有角，长寸余。

汉桓帝即位，有大蛇见德阳殿上。洛阳市令淳于翼曰："蛇有鳞，甲兵之象也；见于省中，将有椒房大臣受甲兵之象也。"乃弃官遁去。到延熹二年，诛大将军梁冀，捕治家属，扬兵京师也。

汉桓帝建和三年秋七月，北地廉雨肉，似羊肋，或大如手。是时梁太后摄政，梁冀专权，擅杀诛太尉李固、杜乔，天下冤之。其后，梁氏诛灭。

汉桓帝元嘉中，京都妇女作"愁眉""啼妆""堕马髻""折腰步""龋齿笑"。"愁眉"者，细而曲折。"啼妆"者，薄拭目下若啼处。"堕马髻"者，作一边。"折腰步"者，足不任下体。"龋齿笑"者，若齿痛，乐不欣欣。始自大将军梁冀妻孙寿所为，京都翕然，诸夏效之。天戒若曰："兵马将往收捕。妇女忧愁，踧眉啼哭；吏卒掣顿，折其腰脊，令髻邪倾；虽强语笑，无复气味也。"到延熹二年，冀举宗合诛。

桓帝延熹五年，临沅县有牛生鸡，两头四足。

汉灵帝数游戏于西园中，令后宫采女为客舍主人，身为估服，行至舍间，采女下酒食，因共饮食，以为戏乐。是天子将欲失位，降在皂隶之谣也。其后天下大乱。古志有曰："赤厄三七。"三七者，经二百一十载，当有外戚之篡，丹眉之妖。篡盗短祚，极于三六，当有飞龙之秀，兴复祖宗。又历三七，当复有黄首之妖，天下大乱矣。自高祖建业，至于平帝之末，二百一十年，而王莽篡，盖因母后之亲。十八年而山东贼樊子都等起，实丹其眉，故天下号曰"赤眉"。于是光武以兴祚，其名曰秀。至于灵帝中平元年，而张角起，置三十六方，徒众数十万，皆是黄巾，故天下号曰"黄巾贼"。至今道服，由此而兴。初起于邺，会于真定，诳惑百姓曰："苍天已死，黄天立。岁名甲子年，天下大吉。"起于邺者，天下始业也，会于真定也。小民相向跪拜趋信。荆、扬尤甚。乃弃财产，流沉道路，死者无数。角等初以二月起兵，其冬十二月悉破。自光武中兴至黄巾之起，未盈二百一十年，而天下大乱。汉祚废绝，实应三七之运。

灵帝建宁中，男子之衣好为长服，而下甚短；女子好为长裾，而上甚短。是阳无下而阴无上，天下未欲平也。后遂大乱。

灵帝建宁三年春，河内有妇食夫，河南有夫食妇。夫妇阴阳二仪，有情之深者也。今反相食，阴阳相侵，岂特日月之眚哉。灵帝既没，天下大乱，君有妄诛之暴，臣有劫弑之逆，兵革相残，骨肉为仇，生民之祸极矣。故人妖为之先作。而恨不遭辛有、屠黍之论，以测其情也。

灵帝熹平二年六月，洛阳民讹言，虎贲寺东壁中，有黄人，形容须眉良是。观者数万。省内悉出，道路断绝。到中平元年二月，张角兄弟起兵冀州，自号"黄天"。三十六方，四面出和。将帅星布，吏士外属。因其疲倭牵而胜之。

灵帝熹平三年，右校别作中，有两樗树，皆高四尺许。其一株宿昔暴长，长一丈余，粗大一围，作胡人状，头目鬓须发俱具。其五年十月壬午，正殿侧有槐树，皆六七围，自拔，倒竖，根上枝下。又中平中，长安城西北六七里，空树中，有人面，生鬓。其于《洪范》，皆为木不曲直。

灵帝光和元年，南宫侍中寺雌鸡欲化为雄，一身毛皆似雄，但头冠尚未变。

灵帝光和二年，洛阳上西门外女子生儿：两头，异肩，共胸，俱前向。以为不祥，堕地，弃之。自是之后，朝廷霶乱，政在私门，上下无别，二头之象。后董卓戮太后。被以不孝之名，放废天子，后复害之，汉元以来，祸莫逾此。

光和四年，南宫中黄门寺有一男子，长九尺，服白衣，中黄门解步呵问："汝何等人？白衣妄入宫掖！"曰："我，梁伯夏后。天使我为天子。"步欲前收之，因忽不见。

光和七年，陈留济阳、长垣，济阴、东郡、冤句，离狐界中，路边生草，悉作人状，操持兵弩；牛马龙蛇鸟兽之形，白黑各如其色，羽毛、头、目、足、翅皆备，非但彷佛，像之尤纯。旧说曰："近草妖也。"是岁有黄巾贼起，汉遂微弱。

灵帝中平元年六月壬申，洛阳男子刘仓，居上西门外，妻生男，两头共身。至建安中，女子生男，亦两头共身。

中平三年八月中，怀陵上有万余雀，先极悲鸣，已因乱斗，相杀，皆断头悬着树枝枳棘。到六年，灵帝崩。夫陵者，高大之象也；雀者，爵也。天戒若曰："诸怀爵禄而尊厚者，还自相害，至灭亡也。"

汉时，京师宾婚嘉会，皆作魁㩦，酒酣之后，续以挽歌。魁㩦，丧家之乐；挽歌，执绋相偶和之者。天戒若曰："国家当急殄悴，诸贵乐皆死亡也。"自灵帝崩后，京师坏灭，户有兼尸虫而相食者，"魁㩦""挽歌"，斯之效乎？

灵帝之末，京师谣言曰："侯非侯，王非王。千乘万骑上北邙。"到中平六年，史侯登蹑至尊，献帝未有爵号，为中常侍段珪等所执，公卿百僚，皆随其后，到河上，乃得还。

汉献帝初平中，长沙有人姓桓氏，死，棺敛月余，其母闻棺中有声，发之，遂生。占曰："至阴为阳，下人为上。"其后曹公由庶士起。

献帝建安七年，越巂有男子化为女子，时周群上言："哀帝时亦有此变，将有易代之事。"至二十五年，献帝封山阳公。

建安初，荆州童谣曰："八九年间始欲衰，至十三年无孑遗。"言自中兴以来，荆州独全；及刘表为牧，民有丰乐；至建安九年，当始衰。始衰者，谓刘表妻死，诸将并零落也。十三年无孑遗者，表当又死，因以丧败也。是时华容有女子，忽啼呼曰："将有大丧。"言语过差，县以为妖言，系狱。月余，忽于狱中哭曰："刘荆州今日死。华容去州数百里，即遣马里验视，而刘表果死。县乃出之。续又歌吟曰："不意李立为贵人。"后无几，曹公平荆州，以涿郡李立，字建贤，为荆州刺史。

建安二十五年正月，魏武在洛阳起建始殿，伐濯龙树而血出。又掘徙梨，根伤而血出。魏武恶之，遂寝疾，是月崩。是岁，为魏文黄初元年。

魏黄初元年，未央宫中有鹰生燕巢中，口爪俱赤。至青龙中，明帝为凌霄阁，始构，有鹊巢其上。帝以问高堂隆，对曰："《诗》云：'唯鹊有巢,唯鸠居之。'今兴起宫室,而鹊来巢,此宫室未成,身不得居之象也。"

魏齐王嘉平初,白马河出妖马,夜过官牧边鸣呼,众马皆应;明日,见其迹,大如斛,行数里,还入河。

魏景初元年,有燕生巨鷇于卫国李盖家,形若鹰,吻似燕。高堂隆曰:"此魏室之大异,宜防鹰扬之臣于萧墙之内。"其后宣帝起,诛曹爽,遂有魏室。

蜀景耀五年,宫中大树无故自折。谯周深忧之,无所与言,乃书柱曰:"众而大,期之会。具而授,若何复?"言曹者,众也;魏者,大也。众而大,天下其当会也。具而授,如何复有立者乎?蜀既亡,咸以周言为验。

吴孙权太元元年八月朔,大风,江海涌溢,平地水深八尺,拔高陵树二千株,石碑差动,吴城两门飞落。明年,权死。

吴孙亮五凤元年六月,交阯稗草化为稻。昔三苗将亡,五谷变种。此草妖也。其后亮废。

吴孙亮五凤二年五月,阳羡县离里山大石自立。是时孙皓承废故之家,得复其位之应也。

吴孙休永安四年,安吴民陈焦死七日,复生,穿冢出。乌程孙皓承废故之家,得位之祥也。

孙休后,衣服之制,上长,下短,又积领五六,而裳居一二。盖上饶奢,下俭逼,上有余,下不足之象也。

卷七

初，汉元、成之世，先识之士有言曰："魏年有和，当有开石于西三千余里，系五马，文曰：'大讨曹。'"及魏之初兴也，张掖之柳谷有开石焉。始见于建安，形成于黄初，文备于太和。周围七寻，中高一仞，苍质素章，龙马、麟鹿、凤皇、仙人之象，粲然咸著。此一事者，魏、晋代兴之符也。至晋泰始三年，张掖太守焦胜上言："以留郡本国图校今石文，文字多少不同，谨具图上。"案其文有五马象：其一，有人平上帻，执戟而乘之；其一，有若马形而不成，其字有"金"，有"中"，有"大司马"，有"王"，有"大吉"，有"正"，有"开寿"。其一成行，曰"金当取之"。

晋武帝泰始初，衣服上俭下丰，着衣者皆厌腰。此君衰弱，臣放纵之象也。至元康末，妇人出两裆，加乎交领之上。此内出外也。为车乘者，苟贵轻细，又数变易其形，皆以白篾为纯。盖古丧车之遗象。晋之祸征也。

胡床，貊盘，翟之器也。羌煮，貊炙，翟之食也。自晋武帝泰始以来，中国尚之。贵人富室，必畜其器。吉享嘉宾，皆以为先。戎翟侵中国之前兆也。

晋太康四年，会稽郡蟛蚑及蟹，皆化为鼠。其众覆野。大食稻，为灾。始成，有毛肉而无骨，其行不能过田塍，数日之后，则皆为牝。

太康五年正月，二龙见武库井中。武库者，帝王威御之器所宝藏也。屋宇邃密，非龙所处。是后七年，藩王相害。二十八年，果有二胡僭窃神器，皆字曰"龙"。

晋武帝太康六年，南阳获两足虎。虎者，阴精而居乎阳，金兽也。南阳，火名也。金精入火，而失其形，王室乱之妖也。其七年十一月丙辰，四角兽见于河间。天戒若曰："角，兵象也。四者，四方之象。当有兵革起于四方。"后河间王遂连四方之兵，作为乱阶。

太康九年，幽州塞北有死牛头语。时帝多疾病，深以后事为念，而付托不以至公，思瞀乱之应也。

太康中，有鲤鱼二枚，现武库屋上。武库，兵府；鱼有鳞甲，亦是兵之类也。鱼既极阴，屋上太阳，鱼现屋上，象至阴以兵革之祸干太阳也。及惠帝初，诛皇后父杨骏，矢交宫阙，废后为庶人，死于幽宫。元康之末，而贾后专制，谤杀太子，寻亦诛废。十年之间，母后之难再兴，是其应也。自是祸乱构矣。京房《易妖》曰："鱼去水，飞入道路，兵且作。"

初作屐者，妇人圆头，男子方头。盖作意欲别男女也。至太康中，妇人皆方头屐，与男无异，此贾后专妒之征也。

晋时，妇人结发者，既成，以缯急束其环，名曰"撷子髻"。始自宫中，天下翕然化之也。其末年，遂有怀、愍之事。

太康中，天下为《晋世宁》之舞。其舞，抑手以执杯盘，而反覆之。歌曰："晋世宁，舞杯盘。"反覆，至危也。杯盘，酒器也，而名曰"晋世宁"者，言时人苟且饮食之间，而其智不可及远，如器在手也。

太康中，天下以毡为绐头及络带、袴口。于是百姓咸相戏曰："中国其必为胡所破也。"夫毡，胡之所产者也，而天下以为绐头，带身，裤口，胡既三制之矣，能无败乎？

太康末，京、洛为《折杨柳》之歌。其曲始有兵革苦辛之辞，终以擒获斩截之事。自后杨骏被诛，太后幽死，《杨柳》之应也。

晋武帝太熙元年，辽东有马生角，在两耳下，长三寸。及帝晏驾，王室毒于兵祸。

晋惠帝元康中，妇人之饰有五佩兵。又以金、银、象、角、玳瑁之属，为斧、钺、戈、戟而戴之，以当笄。男女之别，国之大节，故服食异等。今妇人而以兵器为饰，盖妖之甚者也。于是遂有贾后之事。

晋元康三年闰二月，殿前六钟皆出涕，五刻乃止。前年，贾后杀杨太后于金墉城，而贾后为恶不悛，故钟出涕，犹伤之也。

惠帝之世，京、洛有人，一身而男女二体，亦能两用人道，而性尤好淫。天下兵乱，由男女气乱，而妖形作也。

惠帝元康中，安丰有女子曰周世宁，年八岁，渐化为男。至十七八，而气性成。女体化而不尽，男体成而不彻，畜妻而无子。

元康五年三月，临淄有大蛇，长十许丈，负二小蛇，入城北门，径从市入汉城阳景王祠中，不见。

元康五年三月，吕县有流血，东西百余步，其后八载，而封云乱徐州，杀伤数万人。

元康七年，霹雳破城南高禖石。高禖，宫中求子祠也。贾后妒忌，将杀怀、愍，故天怒贾后，将诛之应也。

元康中，天下始相效为乌杖，以柱掖。其后稍施其镦，住则植之。及怀、愍之世，王室多故，而中都丧败，元帝以藩臣树德东方，维持天下，柱掖之应也。

元康中，贵游子弟相与为散发，裸身之饮，对弄婢妾。逆之者伤好，非之者负讥。希世之士，耻不与焉。胡狄侵中国之萌也。其后遂有二胡之乱。

惠帝太安元年，丹阳湖熟县夏架湖，有大石浮二百步而登岸，百姓惊叹，相告曰："石来！"寻而石冰入建邺。

太安元年四月，有人自云龙门入殿前，北面再拜，曰："我当作中书监。"即收斩之。禁庭尊秘之处，今贱人竟入，而门卫不觉者，宫室将虚，下人逾上之妖也。是后帝迁长安，宫阙遂空焉。

太安中，江夏功曹张骋所乘牛，忽言曰："天下方乱，吾甚极为，乘我何之？"骋及从者数人皆惊怖。因绐之曰："令汝还，勿复言。"乃中道还，至家，未释驾。又言曰："归何早也？"骋益忧惧，秘而不言。安陆县有善卜者，骋从之卜。卜者曰："大凶。非一家之祸，天下将有兵起。一郡之内，皆破亡乎！"骋还家，牛又人立而行。百姓聚观。其秋张昌贼起。先略江夏，诳曜百姓以汉祚复兴，有凤凰之瑞，圣人当世。从军者皆绛抹头，以彰火德之祥，百姓波荡，从乱如归。骋兄弟并为将军都尉。未几而败。于是一郡破残，死伤过半，而骋家族矣。京房《易妖》曰："牛能言，如其言占吉凶。"

元康、太安之间，江、淮之域，有败屩自聚于道，多者至四五十量。人或散去之，投林草中，明日视之，悉复如故。或云："见猫衔而聚之。"世之所说："屩者，人之贱服。而当劳辱，下民之象也。败者，疲弊之象也。道者，地理，四方所以交通，王命所由往来也。今败屩聚于道者，象下民疲病，将相聚为乱，绝四方而壅王命也。"

晋惠帝永兴元年，成都王之攻长沙也，反军于邺，内外陈兵。是夜，戟锋皆有火光，遥望如悬烛，就视，则亡焉。其后终以败亡。

晋怀帝永嘉元年，吴郡吴县万详婢生一子，鸟头，两足，马蹄，一手无毛，尾黄色，大如碗。

永嘉五年，枹罕令严根婢，产一龙，一女，一鹅。京房《易传》曰："人生他物，非人所见者，皆为天下大兵。"时帝承惠帝之后，四海沸腾，寻而陷于平阳，为逆胡所害。

永嘉五年，吴郡嘉兴张林家，有狗忽作人言曰："天下人俱饿死。"于是果有二胡之乱，天下饥荒焉。

永嘉五年十一月，有鼫鼠出延陵，郭璞筮之，遇"临"之"益"，曰："此郡之东县，当有妖人欲称制者。寻亦自死矣。"

永嘉六年正月，无锡县欻有四枝茱萸树，相樛而生，状若连理。先是，郭璞筮延陵鼫鼠，遇"临"之"益"，曰："后当复有妖树生，若瑞而非，辛螫之木也。傥有此，东西数百里，必有作逆者。"及此生木，其后吴兴徐馥作乱，杀太守袁琇。

永嘉中，寿春城内有豕生人，两头而不活。周馥取而观之。识者云："豕，北方畜，胡狄象。两头者，无上也。生而死，不遂也。天戒若曰：'易生专利之谋，将自致倾覆也。'"俄为元帝所败。

永嘉中，士大夫竞服生笺单衣。识者怪之，曰："此古缌衰之布，诸侯所以服天子也。今无故服之，殆有应乎？"其后怀、愍晏驾。

昔魏武军中无故作白帢，此缟素凶丧之征也。初，横缝其前以别后，名之曰"颜帢"，传行之。至永嘉之间，稍去其缝，名"无颜帢"。而妇人束发，其缓弥甚，纺之坚不能自立，发被于额，目出而已。无颜者，愧之言也。履额者，惭之貌也。其缓弥甚者，言天下亡礼与义，放纵情性，及其终极，至于大耻也。其后二年，永嘉之乱，四海分崩，下人悲难，无颜以生焉。

晋愍帝建兴四年，西都倾覆，元皇帝始为晋王，四海宅心。其年十月二十二日，新蔡县吏任乔妻胡氏年二十五，产二女，相向，腹心合，自腰以上，脐以下。各分。此盖天下未一之妖也。时内史吕会上言："按《瑞应图》云：'异根同体，谓之连理。异亩同颖，谓之嘉禾。'草木之属，犹以为瑞；今二人同心，天垂灵象。故《易》云：'二人同心，其利断金。'

休显见生于陕东之国,盖四海同心之瑞。不胜喜跃。谨画图上。"时有识者哂之。君子曰:"知之难也。以臧文仲之才,独祀爰居焉。布在方册,千载不忘。故士不可以不学。古人有言:'木无枝谓之瘣,人不学谓之瞽。'当其所蔽,盖阙如也。可不勉乎?"

晋元帝建武元年六月,扬州大旱;十二月,河东地震。去年十二月,斩督运令史淳于伯,血逆流上柱二丈三尺,旋复下流四尺五寸。是时淳于伯冤死,遂频旱三年。刑罚妄加,群阴不附,则阳气胜之罚,又冤气之应也。

晋元帝建武元年七月,晋陵东门,有牛生犊,一体两头。京房《易传》曰:"牛生子,二首一身,天下将分之象也。"

元帝太兴元年四月,西平地震,涌水出。十二月,庐陵、豫章、武昌、西陵地震,涌水出,山崩。此王敦陵上之应也。

太兴元年三月,武昌太守王谅有牛生子,两头,八足,两尾,共一腹。不能自生,十余人以绳引之。子死,母活。其三年后,苑中有牛生子,一足三尾,生而即死。

太兴二年,丹阳郡吏濮阳演马生驹,两头,自项前别。生而死。此政在私门,二头之象也。其后王敦陵上。

太兴初,有女子,其阴在腹,当脐下。自中国来至江东。其性淫而不产。又有女子,阴在首。居在扬州,亦性好淫。京房《易妖》曰:"人生子,阴在首,则天下大乱。若在腹,则天下有事。若在背,则天下无后。"

太兴中,王敦镇武昌,武昌灾,火起,兴众救之,救于此,而发于彼,东西南北数十处俱应,数日不绝,旧说所谓"滥灾妄起,虽兴师不能救之"之谓也。此臣而行君,亢阳失节。是时王敦陵上,有无君之心,故灾也。

太兴中,兵士以绛囊缚绔。识者曰:"绔在首,为乾,君道也,囊者,为坤,臣道也。今以朱囊缚绔,臣道侵君之象也。"为衣者,上带短,才至于掖;着帽者,又以带缚项,下逼上,上无地也。为袴者,直幅为口,无杀,下大之象也。寻而王敦谋逆,再攻京师。

太兴四年,王敦在武昌,铃下仪仗生花,如莲花,五六日而萎落。说曰:"《易》说:'枯杨生花,何可久也?'今狂花生枯木,又在铃阁之间,言威仪之富,荣华之盛,皆如狂花之发,不可久也。"其后王敦终以逆命,加戮其尸。

　　旧为羽扇柄者，刻木象其骨形，列羽用十，取全数也。初，王敦南征，始改为长柄，下出，可捉。而减其羽，用八。识者尤之曰："夫羽扇，翼之名也。创为长柄，将执其柄以制其羽翼也。改十为八，将未备夺已备也。此殆敦之擅权，以制朝廷之柄，又将以无德之材，欲窃非据也。"

　　晋明帝太宁初，武昌有大蛇，常居故神祠空树中，每出头从人受食。京房《易传》曰："蛇见于邑，不出三年，有大兵，国有大忧。"寻有王敦之逆。

卷八

虞舜耕于历山，得玉历于河际之岩，舜知天命在己，体道不倦。舜，龙颜，大口，手握褒。宋均注曰："握褒，手中有'褒'字，喻从劳苦受褒饬致大祚也。"

汤既克夏，大旱七年，洛川竭。汤乃以身祷于桑林，剪其爪、发，自以为牺牲，祈福于上帝。于是大雨即至，洽于四海。

吕望钓于渭阳。文王出游猎，占曰："今日猎得一兽，非龙，非螭，非熊，非罴。合得帝王师。"果得太公于渭之阳，与语，大悦，同车载而还。

武王伐纣，至河上，雨甚。疾雷，晦冥。扬波于河。众甚惧。武王曰："余在，天下谁敢干余者？"风波立济。

鲁哀公十四年，孔子夜梦三槐之间，丰、沛之邦，有赤氤气起，乃呼颜回、子夏同往观之。驱车到楚西北范氏街，见刍儿打麟，伤其左前足，束薪而覆之。孔子曰："儿来！汝姓为谁？"儿曰："吾姓为赤松，名时乔，字受纪。"孔子曰："汝岂有所见乎？"儿曰："吾所见一禽，如麕，羊头，头上有角，其末有肉。方以是西走。"孔子曰："天下已有主也。为赤刘。陈、项为辅。五星入井，从岁星。"儿发薪下麟示孔子。孔子趋而往，麟向孔子，蒙其耳，吐三卷图，广三寸，长八寸，每卷二十四字。其言赤刘当起曰："周亡，赤气起，火耀兴，玄丘制命，帝卯金。"

孔子修《春秋》，制《孝经》，既成，斋戒，向北辰而拜，告备于天。天乃洪郁起白雾，摩地，赤虹自上而下，化为黄玉，长三尺，上有刻文。孔子跪受而读之，曰："宝文出，刘季握。卯金刀，在轸北。字禾子，天下服。"

秦穆公时，陈仓人掘地得物，若羊非羊，若猪非猪。牵以献穆公。道逢二童子，童子曰："此名为媪。常在地食死人脑。若欲杀之，以柏插其首。"媪曰："彼二童子，名为陈宝。得雄者王，得雌者伯。"陈仓人舍媪逐二童子，童子化为雉，飞入平林。陈仓人告穆公，穆公发徒大猎，果得其雌。又化为石。置之汧、渭之间，至文公时，为立祠名陈宝。其雄者飞至南阳。今南阳雉县，是其地也。秦欲表其符，故以名县。每陈仓祠时，有赤光长十余丈，从雉县来，入陈仓祠中，有声殷殷如雄雉。其后，光武起于南阳。

宋大夫邢史子臣明于天道。周敬王之三十七年，景公问曰："天道其何祥？"对曰："后五十年五月丁亥，臣将死。死后五年五月丁卯，吴将亡。亡后五年，君将终。终后四百年，邾王天下。"俄而皆如其言所云。邾王天下者，谓魏之兴也。邾，曹姓，魏亦曹姓，皆邾之后。其年数则错。未知邢史失其数耶？将年代久远，注记者传而有谬也？

吴以草创之国，信不坚固，边屯守将，皆质其妻子，名曰"保质"。童子少年以类相与娱游者，日有十数。孙休永安三年二月，有一异儿，长四尺余，年可六七岁，衣青衣，忽来从群儿戏。诸儿莫之识也，皆问曰："尔谁家小儿，今日忽来？"答曰："见尔群戏乐，故来耳！"详而视之，眼有光芒，爚爚外射。诸儿畏之，重问其故。儿乃答曰："尔恐我乎？我非人也，乃荧惑星也，将有以告尔：三公归于司马。"诸儿大惊，或走告大人，大人驰往观之。儿曰："舍尔去乎！"耸身而跃，即以化矣。仰而视之，若曳一匹练以登天。大人来者，犹及见焉。飘飘渐高，有顷而没。时吴政峻急，莫敢宣也。后四年而蜀亡，六年而魏废，二十一年而吴平，是归于司马也。

都水马武举戴洋为都水令史，洋请急还乡，将赴洛，梦神人谓之曰："洛中当败，人尽南渡。后五年，扬州必有天子。"洋信之，遂不去。既而皆如其梦。

卷九

后汉中兴初，汝南有应妪者，生四子而寡。昼见神光照社。妪见光，以问卜人。卜人曰："此天祥也。子孙其兴乎！"乃探得黄金。自是子孙宦学，并有才名。至玚，七世通显。

车骑将军巴郡冯绲，字鸿卿，初为议郎，发绶笥，有二赤蛇，可长二尺，分南北走。大用忧怖。许季山孙宪，字宁方，得其先人秘要，绲请使卜，云："此吉祥也。君后三岁，当为边将，东北四五千里，官以东为名。"后五年，从大将军南征，居无何，拜尚书郎、辽东太守、南征将军。

常山张颢为梁州牧，天新雨后，有鸟如山鹊，飞翔入市，忽然坠地。人争取之，化为圆石。颢椎破之，得一金印，文曰："忠孝侯印。"颢以上闻，藏之秘府。后议郎汝南樊衡夷上言："尧舜时旧有此官。今天降印，宜可复置。"颢后官至太尉。

京兆长安有张氏，独处一室，有鸠自外入，止于床。张氏祝曰："鸠来，为我祸也，飞上承尘；为我福也，即入我怀。"鸠飞入怀。以手探之，则不知鸠之所在，而得一金钩。遂宝之。自是子孙渐富，资财万倍。蜀贾至长安，闻之，乃厚赂婢，婢窃钩与贾。张氏既失钩，渐渐衰耗。而蜀贾亦数罹穷厄，不为己利。或告之曰："天命也。不可力求。"于是赍钩以反张氏，张氏复昌。故关西称张氏传钩云。

汉征和三年三月，天大雨，何比干在家，日中，梦贵客车骑满门。觉以语妻。语未已，而门有老妪，可八十余，头白，求寄避雨，雨甚，而衣不沾渍。雨止，送至门，乃谓比干曰："公有阴德，今天锡君策，以广公之子孙。"因出怀中符策，状如简，长九寸，凡九百九十枚，以授比干，曰："子孙佩印绶者，当如此算。"

魏舒，字阳元，任城樊人也。少孤，尝诣野王，主人妻夜产，俄而闻车马之声，相问曰："男也？女也？"曰："男。""书之，十五以兵死。"

复问:"寝者为谁?"曰:"魏公舒。"后十五载,诣主人,问所生童何在,曰:"因条桑,为斧伤而死。"舒自知当为公矣。

贾谊为长沙王太傅,四月庚子日,有鵩鸟飞入其舍,止于坐隅,良久乃去。谊发书占之,曰:"野鸟入室,主人将去。"谊忌之,故作《鵩鸟赋》,齐死生而等祸福,以致命定志焉。

王莽居摄,东郡太守翟义知其将篡汉,谋举义兵。兄宣教授,诸生满堂。群鹅雁数十在中庭,有狗从外入,啮之,皆死。惊救之,皆断头。狗走出门,求不知处。宣大恶之。数日,莽夷其三族。

魏司马太傅懿平公孙渊,斩渊父子。先时,渊家数有怪:一犬着冠帻绛衣,上屋。炊有一儿,蒸死甑中。襄平北市生肉,长围各数尺,有头、目、口、喙,无手、足,而动摇。占者曰:"有形不成,有体无声,其国灭亡。"

吴诸葛恪征淮南归,将朝会之夜,精爽扰动,通夕不寐。严毕趋出,犬衔引其衣。恪曰:"犬不欲我行耶?"出仍入坐,少顷,复起,犬又衔衣。恪令从者逐之。及入,果被杀。其妻在室,语使婢曰:"尔何故血臭?"婢曰:"不也。"有顷,愈剧。又问婢曰:"汝眼目瞻视,何以不常?"婢蹶然起跃,头至于栋,攘臂切齿而言曰:"诸葛公乃为孙峻所杀。"于是大小知恪死矣。而吏兵寻至。

吴戍将邓喜杀猪祠神,治毕悬之,忽见一人头,往食肉。喜引弓射,中之,咋咋作声,绕屋三日。后人白喜谋叛,合门被诛。

贾充伐吴时,常屯项城,军中忽失充所在。充帐下都督周勤时昼寝,梦见百余人录充,引入一径。勤惊觉,闻失充,乃出寻索。忽睹所梦之道,遂往求之。果见充行至一府舍,侍卫甚盛,府公南面坐,声色甚厉,谓充曰:"将乱吾家事者,必尔与荀勖。既惑吾子,又乱吾孙,间使任恺黜汝而不去,又使庾纯詈汝而不改。今吴寇当平,汝方表斩张华。汝之暗戆,皆此类也。若不悛慎,当旦夕加诛。"充叩头流血。府公曰:"汝所以延日月而名器若此者,是卫府之勋耳。终当使系嗣死于钟虡之间,大子毙于金酒之中,小子困于枯木之下。荀勖亦宜同。然其先德小浓,故在汝后。数世之外,国嗣亦替。"言毕命去。充忽然得还营,颜色憔悴,性理昏错,经日乃复。至后,谧死于钟下,贾后服金酒而死,贾午考竟用大杖终。皆如所言。

庾亮,字文康,鄢陵人,镇荆州。登厕,忽见厕中一物,如方相,两眼尽赤,身有光耀,渐渐从土中出。乃攘臂,以拳击之。应手有声,缩入地。因而寝疾。术士戴洋曰:"昔苏峻事,公于白石祠中祈福,许赛其牛。从来未解。故为此鬼所考,不可救也。"明年,亮果亡。

东阳刘宠字道和,居于湖熟。每夜,门庭自有血数升,不知所从来。如此三四。后宠为折冲将军,见遣北征,将行,而炊饭尽变为虫。其家人蒸粆,亦变为虫。其火愈猛,其虫愈壮。宠遂北征,军败于坛丘,为徐龛所杀。

卷十

汉和熹邓皇后，尝梦登梯以扪天，体荡荡正清滑，有若钟乳状。乃仰嗋饮之。以讯诸占梦。言："尧梦攀天而上，汤梦及天舐之，斯皆圣王之前占也。吉不可言。"

孙坚夫人吴氏，孕而梦月入怀。已而生策。及权在孕，又梦日入怀。以告坚曰："妾昔怀策，梦月入怀；今又梦日，何也？"坚曰："日月者，阴阳之精，极贵之象，吾子孙其兴乎？"

汉蔡茂字子礼，河内怀人也。初在广汉，梦坐大殿，极上有禾三穗。茂取之，得其中穗，辄复失之。以问主簿郭贺。贺曰："大殿者，官府之形象也。极而有禾，人臣之上禄也。取中穗，是中台之象也。于字，'禾''失'为'秩'，虽曰失之，乃所以禄也。兖职中阙，君其补之。"旬月，而茂征焉。

周擥啧者，贫而好道，夫妇夜耕，困息卧，梦天公过而哀之，敕外有以给与。司命按录籍，云："此人相贫，限不过此。唯有张车子，应赐钱千万。车子未生，请以借之。"天公曰："善。"曙觉，言之。于是夫妇戮力，昼夜治生，所为辄得，赀至千万。先时，有张妪者，尝往周家佣赁，野合有身，月满当孕，便遣出外，驻车屋下，产得儿。主人往视，哀其孤寒，作粥糜食之。问："当名汝儿作何？"妪曰："今在车屋下而生，梦天告之，名为车子。"周乃悟曰："吾昔梦从天换钱，外白以张车子钱贷我，必是子也。财当归之矣。"自是居日衰减，车子长大，富于周家。

夏阳卢汾，字士济，梦入蚁穴，见堂宇三间，势甚危豁，题其额曰"审雨堂"。

吴选曹令史刘卓病笃，梦见一人以白越单衫与之，言曰："汝着衫，污，火烧便洁也。"卓觉，果有衫在侧。污，辄火浣之。

淮南书佐刘雅，梦见青蜥蜴从屋落其腹内。因苦腹痛病。

后汉张奂为武威太守，其妻梦带奂印绶，登楼而歌。觉以告奂。奂令占之,曰:"夫人方生男,后临此郡,命终此楼。"后生子猛,建安中,果为武威太守,杀刺史邯郸商,州兵围急,猛耻见擒,乃登楼自焚而死。

汉灵帝梦见桓帝,怒曰:"宋皇后有何罪过,而听用邪孽,使绝其命?渤海王悝既已自贬,又受诛毙。今宋氏及悝,自诉于天,上帝震怒,罪在难救。"梦殊明察。帝既觉而恐,寻亦崩。

吴时嘉兴徐伯始病,使道士吕石安神座,石有弟子戴本、王思二人,居住海盐,伯始迎之以石助。昼卧,梦上天北斗门下,见外鞍马三匹,云:"明日当以一迎石,一迎本,一迎思。"石梦觉,语本、思云:"如此,死期,可急还,与家别。"不卒事而去。伯始怪而留之。曰:"惧不得见家也。"间一日,三人同时死。

会稽谢奉与永嘉太守郭伯猷善,谢忽梦郭与人于浙江上争樗蒲钱。因为水神所责,堕水而死。已营理郭凶事。及觉,即往郭许,共围棋,良久,谢云:"卿知吾来意否?"因说所梦。郭闻之怅然,云:"吾昨夜亦梦与人争钱,如卿所梦,何期太的也?"须臾,如厕,便倒,气绝。谢为凶具,一如其梦。

嘉兴徐泰,幼丧父母,叔父隗养之,甚于所生。隗病,泰营侍甚勤。是夜三更中,梦二人乘船持箱,上泰床头,发箱,出簿书示曰:"汝叔应死。"泰即于梦中叩头祈请。良久,二人曰:"汝县有同姓名人否?"泰思得,语二人云:"有张隗,不姓徐。"二人云:"亦可强逼。念汝能事叔父,当为汝活之。"遂不复见。泰觉,叔病乃差。

卷十一

楚熊渠子夜行，见寝石，以为伏虎，弯弓射之。没金，铩羽。下视，知其石也。因复射之，矢摧，无迹。汉世复有李广，为右北平太守，射虎，得石，亦如之。刘向曰："诚之至也，而金石为之开，况于人乎！夫唱而不和，动而不随，中必有不全者也。夫不降席而匡天下者，求之己也。"

楚王游于苑，白猿在焉；王令善射者射之，矢数发，猿搏矢而笑；乃命由基，由基抚弓，猿即抱木而号。及六国时，更羸谓魏王曰："臣能为虚发而下鸟。"魏王曰："然则射可至于此乎？"羸曰："可。"有顷，闻雁从东方来，更羸虚发而鸟下焉。

齐景公渡于江、沅之河，鼋衔左骖，没之。众皆惊惕；古冶子于是拔剑从之，斜行五里，逆行三里，至于砥柱之下，杀之，乃鼋也，左手持鼋头，右手挟左骖，燕跃鹄踊而出，仰天大呼，水为逆流三百步。观者皆以为河伯也。

楚干将、莫邪为楚王作剑，三年乃成，王怒，欲杀之。剑有雌雄，其妻重身，当产，夫语妻曰："吾为王作剑，三年乃成；王怒，往必杀我。汝若生子，是男，大，告之曰：'出户，望南山，松生石上，剑在其背。'"于是即将雌剑往见楚王。王大怒，使相之："剑有二，一雄一雌，雌来，雄不来。"王怒，即杀之。莫邪子名赤比，后壮，乃问其母曰："吾父所在？"母曰："汝父为楚王作剑，三年乃成，王怒，杀之。去时嘱我：'语汝子，出户，望南山，松生石上，剑在其背。'"于是子出户，南望，不见有山，但睹堂前松柱下石砥之上，即以斧破其背，得剑。日夜思欲报楚王。王梦见一儿，眉间广尺，言欲报仇。王即购之千金。儿闻之，亡去，入山，行歌。客有逢者。谓："子年少。何哭之甚悲耶？"曰："吾干将、莫邪子也。楚王杀吾父，吾欲报之。"客曰："闻王购子头千金，将子头与剑来，为子报之。"儿曰："幸甚。"即自刎，两手捧头及剑奉之，立僵。"客曰："不负子也。"于是尸乃仆。客持头往见楚王,王大喜。客曰:"此乃勇士头也。当于汤镬煮之。"王如其言。煮头三日三夕,不烂。头踔出汤中,瞋目大怒。客曰:"此儿头不烂,愿王自往临视之,是必烂也。"王即临之。客以剑拟王,王头随堕汤中;客亦自拟己头,头复堕汤中。三首俱烂,不可识别。乃分其汤肉葬之。故通名"三王墓"。今在汝南北宜春县界。

汉武时,苍梧贾雍为豫章太守,有神术。出界讨贼,为贼所杀,失头,上马回营。营中咸走来视雍。雍胸中语曰:"战不利,为贼所伤。诸君视有头佳乎?无头佳乎?"吏涕泣曰:"有头佳。"雍曰:"不然。无头亦佳。"言毕,遂死。

渤海太守史良好一女子,许嫁而不果,良怒,杀之,断其头而归,投于灶下。曰"当令火葬。"头语曰:"使君,我相从,何图当尔。"后梦见曰:"还君物。"觉而得昔所与香缨、金钗之属。

周灵王时,苌弘见杀,蜀人因藏其血,三年,乃化而为碧。

汉武帝东游,未出函谷关,有物当道,身长数丈,其状象牛,青眼而曜睛,四足入土,动而不徙。百官惊骇。东方朔乃请以酒灌之。灌之数十斛,而物消。帝问其故。答曰:"此名为患,忧气之所生也。此必是秦之狱地,不然,则罪人徒作之所聚。夫酒忘忧,故能消之也。"帝曰:"吁!博物之士,至于此乎!"

后汉,谅辅,字汉儒,广汉新都人,少给佐吏,浆水不交,为从事,大小毕举,郡县敛手。时夏枯旱,太守自曝中庭,而雨不降;辅以五官掾出祷山川,自誓曰:"辅为郡股肱,不能进谏纳忠,荐贤退恶,和调百姓;至令天地否隔,万物枯焦,百姓嗷嗷,无所控诉,咎尽在辅。今郡太守内省责己,自曝中庭,使辅谢罪,为民祈福;精诚恳到,未有感彻,辅今敢自誓:若至日中无雨,请以身塞无状。"乃积薪柴,将自焚焉。至日中时,山气转黑,起雷,雨大作,一郡沾润。世以此称其至诚。

何敞,吴郡人,少好道艺,隐居,里以大旱,民物憔悴,太守庆洪遣户曹掾致谒,奉印绶,烦守无锡。敞不受。退,叹而言曰:"郡界有灾,安能得怀道!"因跋涉之县,驻明星屋中,蝗蝝消死,敞即遁去。后举方正、博士,皆不就,卒于家。

后汉徐栩,字敬卿,吴由拳人,少为狱吏,执法详平。为小黄令时,属县大蝗,野无生草,过小黄界,飞逝不集。刺史行部责栩不治。栩弃官,蝗应声而至。刺史谢,令还寺舍,蝗即飞去。

王业,字子香,汉和帝时为荆州刺史,每出行部,沐浴斋素,以祈于天地,当启佐愚心,无使有枉百姓。在州七年,惠风大行,苛慝不作,山无豺狼。卒于湘江,有二白虎,低头,曳尾,宿卫其侧。及丧去,虎逾州境,忽然不见。民共为立碑,号曰"枝江白虎墓"。

吴时,葛祚为衡阳太守,郡境有大槎横水,能为妖怪,百姓为立庙,行旅祷祀,槎乃沉没;不者,槎浮,则船为之破坏。祚将去官,乃大具斧斤,将去民累。明日当至,其夜闻江中汹汹有人声,往视之,槎乃移去,沿流下数里,驻湾中。自此行者无复沉覆之患。衡阳人为祚立碑,曰"正德祈禳,神木为移。"

曾子从仲尼在楚而心动,辞归问母,母曰:"思尔,啮指。"孔子曰:"曾参之孝,精感万里。"

周畅性仁慈,少至孝,独与母居,每出入,母欲呼之,常自啮其手,畅即觉手痛而至。治中从事未之信。候畅在田,使母啮手,而畅即归。元初二年,为河南尹,时夏大旱,久祷无应。畅收葬洛阳城旁客死骸骨万余,为立义冢,应时澍雨。

王祥,字休征,琅邪人,性至孝,早丧亲,继母朱氏不慈,数谮之,由是失爱于父。每使扫除牛下。父母有疾,衣不解带。母常欲生鱼,时天寒,冰冻,祥解衣将剖冰求之,冰忽自解,双鲤跃出,持之而归。母又思黄雀炙,复有黄雀数十入其幙,复以供母。乡里惊叹,以为孝感所致。

王延,性至孝。继母卜氏,尝盛冬思生鱼,敕延求而不获,杖之流血:延寻汾,叩凌而哭,忽有一鱼,长五尺,跃出冰上,延取以进母。卜氏食之,积日不尽。于是心悟,抚延如己子。

楚僚早失母,事后母至孝,母患痈肿,形容日悴,僚自徐徐吮之,血出,迨夜即得安寝。乃梦一小儿,语母曰:"若得鲤鱼食之,其病即差,可以延寿。不然,不久死矣。"母觉而告僚,时十二月,冰冻,僚乃仰天叹泣,脱衣上冰,卧之。有一童子,决僚卧处,冰忽自开,一双鲤鱼跃出。僚将归奉其母,病即愈。寿至一百三十三岁。盖至孝感天神,昭应如此。此与王祥、王延事同。

盛彦，字翁子，广陵人，母王氏，因疾失明，彦躬自侍养。母食，必自哺之。母疾，既久，至于婢使数见捶挞，婢愤恨，闻彦暂行，取蚯蚓炙饴之。母食，以为美，然疑是异物，密藏以示彦。彦见之，抱母恸哭，绝而复苏。母目豁然即开，于此遂愈。

颜含，字宏都，次嫂樊氏，因疾失明，医人疏方，须蚺蛇胆，而寻求备至，无由得之。含忧叹累时，尝昼独坐，忽有一青衣童子，年可十三四，持一青囊授含，含开视，乃蛇胆也。童子逡巡出户，化成青鸟飞去。得胆，药成，嫂病即愈。

郭巨，隆虑人也，一云河内温人，兄弟三人，早丧父，礼毕，二弟求分，以钱二千万，二弟各取千万，巨独与母居客舍，夫妇佣赁以给公养。居有顷，妻产男，巨念举儿妨事亲，一也；老人得食，喜分儿孙，减馔，二也；乃于野凿地，欲埋儿，得石盖，下有黄金一釜，中有丹书，曰："孝子郭巨，黄金一釜，以用赐汝。"于是名振天下。

新兴刘殷，字长盛，七岁丧父，哀毁过礼，服丧三年，未尝见齿。事曾祖母王氏，尝夜梦人谓之曰："西篱下有粟。"寤而掘之，得粟十五钟，铭曰："七年粟百石，以赐孝子刘殷。"自是食之，七岁方尽。及王氏卒，夫妇毁瘠，几至灭性。时柩在殡，而西邻失火，风势甚猛，殷夫妇叩殡号哭，火遂灭。后有二白鸠来巢其树庭。

杨公伯雍，雒阳县人也，本以侩卖为业，性笃孝，父母亡，葬无终山，遂家焉。山高八十里，上无水，公汲水，作义浆于坂头，行者皆饮之。三年，有一人就饮，以一斗石子与之，使至高平好地有石处种之，云："玉当生其中。"杨公未娶，又语云："汝后当得好妇。"语毕，不见。乃种其石。数岁，时时往视，见玉子生石上，人莫知也。有徐氏者，右北平著姓，女甚有行，时人求，多不许；公乃试求徐氏，徐氏笑以为狂，因戏云："得白璧一双来，当听为婚。"公至所种玉田中，得白璧五双，以聘。徐氏大惊，遂以女妻公。天子闻而异之，拜为大夫。乃于种玉处，四角作大石柱，各一丈，中央一顷地名曰"玉田"。

衡农，字剽卿，东平人也。少孤，事继母至孝。常宿于他舍，值雷风，频梦虎啮其足，农呼妻相出于庭，叩头三下。屋忽然而坏，压死者三十余人，唯农夫妻获免。

罗威，字德仁，八岁丧父，事母性至孝，母年七十，天大寒，常以身自温席而后授其处。

王裒，字伟元，城阳营陵人也。父仪，为文帝所杀。裒庐于墓侧，旦夕常至墓所拜跪，攀柏悲号，涕泣着树，树为之枯。母性畏雷，母没，每雷，辄到墓曰："裒在此。"

郑弘迁临淮太守，郡民徐宪在丧，致哀，有白鸠巢户侧。弘举为孝廉。朝廷称为"白鸠郎"。

汉时，东海孝妇养姑甚谨，姑曰："妇养我勤苦，我已老，何惜余年，久累年少。"遂自缢死。其女告官云："妇杀我母。"官收系之。拷掠毒治，孝妇不堪苦楚，自诬服之。时于公为狱吏，曰："此妇养姑十余年，以孝闻彻，必不杀也。"太守不听。于公争不得理，抱其狱词哭于府而去。自后郡中枯旱，三年不雨。后太守至，于公曰："孝妇不当死，前太守枉杀之，咎当在此。"太守即时身祭孝妇冢，因表其墓，天立雨，岁大熟。长老传云："孝妇名周青，青将死，车载十丈竹竿，以悬五幡，立誓于众曰：'青若有罪，愿杀，血当顺下；青若枉死，血当逆流。'既行刑已，其血青黄，缘幡竹而上，极标，又缘幡而下云。"

犍为叔先泥和，其女名雄，永建三年，泥和为县功曹，县长赵祉遣泥和拜檄谒巴郡太守，以十月乘船，于城湍堕水死，尸丧不得。雄哀恸号咷，命不图存，告弟贤及夫人，令勤觅父尸，若求不得，"吾欲自沉觅之"。时雄年二十七，有子男贡，年五岁，贳，年三岁，乃各作绣香囊一枚，盛以金珠环，预婴二子，哀号之声，不绝于口，昆族私忧。至十二月十五日，父丧不得，雄乘小船于父堕处，哭泣数声，竟自投水中，旋流没底。见梦告弟云："至二十一日，与父俱出。"至期，如梦，与父相持并浮出江。县长表言，郡太守肃登承上尚书，乃遣户曹掾为雄立碑，图象其形，令知至孝。

河南乐羊子之妻者，不知何氏之女也。躬勤养姑。尝有他舍鸡谬入园中，姑盗杀而食之。妻对鸡不食而泣。姑怪问其故。妻曰："自伤居贫，使食有他肉。"姑竟弃之。后盗有欲犯之者，乃先劫其姑，妻闻，操刀而出。盗曰："释汝刀。从我者可全；不从我者，则杀汝姑。"妻仰天而叹，刎颈而死。盗亦不杀姑。太守闻之，捕杀盗贼，赐妻缣帛，以礼葬之。

庾衮，字叔褒，咸宁中大疫，二兄俱亡，次兄毗复殆，疠气方盛，父母诸弟皆出次于外，衮独留不去。诸父兄强之，乃曰："衮性不畏病。"遂亲自扶持，昼夜不眠。间复抚柩哀临不辍。如此十余旬，疫势既退，家人乃返。毗病得差，衮亦无恙。

宋康王舍人韩凭娶妻何氏，美，康王夺之。凭怨，王囚之，论为城旦。妻密遗凭书，缪其辞曰："其雨淫淫，河大水深，日出当心。"既而王得其书，以示左右，左右莫解其意。臣苏贺对曰："其雨淫淫，言愁且思也。河大水深，不得往来也。日出当心，心有死志也。"俄而凭乃自杀。其妻乃阴腐其衣，王与之登台，妻遂自投台，左右揽之，衣不中手而死。遗书于带曰："王利其生，妾利其死，愿以尸骨，赐凭合葬。"王怒，弗听，使里人埋之，冢相望也。王曰："尔夫妇相爱不已，若能使冢合，则吾弗阻也。"宿昔之间，便有大梓木，生于二冢之端，旬日而大盈抱，屈体相就，根交于下，枝错于上。又有鸳鸯，雌雄各一，恒栖树上，晨夕不去，交颈悲鸣，音声感人。宋人哀之，遂号其木曰"相思树"。"相思"之名，起于此也。南人谓此禽即韩凭夫妇之精魂。今睢阳有韩凭城，其歌谣至今犹存。

汉末，零阳郡太守史满有女，悦门下书佐。乃密使侍婢取书佐盥手残水饮之，遂有妊。已而生子，至能行，太守令抱儿出，使求其父。儿匍匐直入书佐怀中。书佐推之，仆地，化为水。穷问之，具省前事，遂以女妻书佐。

鄱阳西有望夫冈。昔县人陈明与梅氏为婚，未成，而妖魅诈迎妇去。明诣卜者，决云："行西北五十里求之。"明如言，见一大穴，深邃无底。以绳悬入，遂得其妇。乃令妇先出，而明所将邻人秦文，遂不取明。其妇乃自誓执志，登此冈首而望其夫，因以名焉。

后汉南康邓元义，父伯考，为尚书仆射。元义还乡里，妻留事姑，甚谨。姑憎之，幽闭空室，节其饮食，羸露，日困，终无怨言。时伯考怪而问之，元义子朗，时方数岁，言："母不病，但苦饥耳。"伯考流涕曰："何意亲姑反为此祸！"遣归家，更嫁为应华仲妻。仲为将作大匠，妻乘朝车出，元义于路旁观之，谓人曰："此我故妇，非有他过，家夫人遇之实酷，本自相贵。"其子朗，时为郎，母与书，皆不答，与衣裳，辄以烧之。母不以介意。母欲见之，乃至亲家李氏堂上，令人以他词请朗。朗至，见母，再拜涕泣,因起出。母追谓之曰:"我几死。自为汝家所弃,我何罪过,乃如此耶!"因此遂绝。

严遵为扬州刺史,行部,闻道傍女子哭声不哀。问所哭者谁。对云:"夫遭烧死。"遵敕吏舁尸到,与语讫,语吏云:"死人自道不烧死。"乃摄女,令人守尸,云:"当有枉。"吏曰:"有蝇聚头所。"遵令披视,得铁锥贯顶。考问,以淫杀夫。

汉范式,字巨卿,山阳金乡人也,一名氾,与汝南张劭为友,劭字元伯。二人并游太学,后告归乡里,式谓元伯曰:"后二年,当还。将过拜尊亲,见孺子焉。"乃共克期日。后期方至,元伯具以告母,请设馔以候之。母曰:"二年之别,千里结言,尔何相信之审耶!"曰:"巨卿信士,必不乖违。"母曰:"若然,当为尔酝酒。"至期,果到。升堂,拜饮,尽欢而别。后元伯寝疾,甚笃,同郡郅君章、殷子征晨夜省视之。元伯临终叹曰:"恨不见我死友。"子征曰:"吾与君章、尽心于子,是非死友,复欲谁求?"元伯曰:"若二子者,吾生友耳。山阳范巨卿,所谓死友也。"寻而卒。式忽梦见元伯,玄冕垂缨,屣履而呼曰:"巨卿!吾以某日死,当以尔时葬。永归黄泉。子未忘我,岂能相及!"式恍然觉悟,悲叹泣下。便服朋友之服,投其葬日,驰往赴之。未及到而丧已发引。既至圹,将窆,而柩不肯进。其母抚之曰:"元伯!岂有望耶?"遂停柩。移时,乃见素车白马,号哭而来。其母望之,曰:"是必范巨卿也。"既至,叩丧言曰:"行矣元伯!死生异路,永从此辞。"会葬者千人,咸为挥涕。式因执绋而引柩。于是乃前。式遂留止冢次,为修坟树,然后乃去。

卷十二

天有五气，万物化成。木清则仁，火清则礼，金清则义，水清则智，土清则思。五气尽纯，圣德备也。木浊则弱，火浊则淫，金浊则暴，水浊则贪，土浊则顽。五气尽浊，民之下也。中土多圣人，和气所交也。绝域多怪物，异气所产也。苟禀此气，必有此形；苟有此形，必生此性。故食谷者智能而文，食草者多力而愚，食桑者有丝而蛾，食肉者勇憨而悍，食土者无心而不息，食气者神明而长寿，不食者不死而神。大腰无雄，细腰无雌；无雄外接，无雌外育。三化之虫，先孕后交；兼爱之兽，自为牝牡；寄生因夫高木，女萝托乎茯苓，木株于土，萍植于水，鸟排虚而飞，兽蹠实而走，虫土闭而蛰，鱼渊潜而处。本乎天者亲上，本乎地者亲下，本乎时者亲旁，各从其类也。千岁之雉，入海为蜃；百年之雀，入海为蛤；千岁龟鼋，能与人语；千岁之狐，起为美女；千岁之蛇，断而复续；百年之鼠，而能相卜。数之至也。春分之日，鹰变为鸠；秋分之日，鸠变为鹰。时之化也。故腐草之为萤也，朽苇之为蛬也，稻之为蛩也，麦之为蝴蝶也；羽翼生焉，眼目成焉，心智在焉：此自无知化为有知而气易也。雀之为蛤也，蛇之为鳖也，蚕之为虾也，不失其血气，而形性变也。若此之类，不可胜论。应变而动，是为顺常；苟错其方，则为妖眚。故下体生于上，上体生于下，气之反者也。人生兽，兽生人：气之乱者也。男化为女，女化为男，气之贸者也。鲁牛哀得疾，七日化而为虎，形体变易，爪牙施张。其兄启户而入，捕而食之。方其为人，不知其将为虎也；方有为虎，不知其常为人也。故晋太康中，陈留阮士瑀，伤于虺，不忍其痛，数嗅其疮，已而双虺成于鼻中。元康中，历阳纪元载客食道龟，已而成瘕，医以药攻之，下龟子数升，大如小钱，头足咸备，文甲皆具，唯中药已死。夫妻非化育之气，鼻非胎孕之所，享道非下物之具。从此观之，万物之生死也，与其变化也，非通神之思，虽求诸己，恶识所自来？然朽草之为萤,由乎腐也;麦之为蝴蝶,由乎湿也。尔则万物之变,皆有由也。农夫止麦之化者,沤之以灰;圣人理万物之化者,济之以道:其与不然乎?

季桓子穿井,获如土缶,其中有羊焉,使问之仲尼,曰:"吾穿井其获狗,何耶?"仲尼曰:"以丘所闻,羊也。丘闻之:木石之怪夔、魍魉,水中之怪龙、罔象,土中之怪曰'贲羊'。"《夏鼎志》曰:"罔象如三岁儿,赤目,黑色,大耳,长臂,赤爪。索缚,则可得食。"王子曰:"木精为'游光',金精为'清明'也。"

晋惠帝元康中,吴郡娄县怀瑶家忽闻地中有犬声隐隐。视声发处,上有小窍,大如蟓穴。瑶以杖刺之,入数尺,觉有物。乃掘视之,得犬子,雌雄各一,目犹未开,形大于常犬。哺之,而食。左右咸往观焉。长老或云:"此名'犀犬',得之者,令家富昌,宜当养之。"以目未开,还置窍中,覆以磨砻,宿昔发视,左右无孔,遂失所在。瑶家积年无他祸福。至太兴中,吴郡太守张懋,闻斋内床下犬声。求而不得。既而地坼,有二犬子,取而养之,皆死。其后懋为吴兴兵沈充所杀。《尸子》曰:"地中有犬,名曰'地狼';有人,名曰'无伤'。"《夏鼎志》曰:"掘地而得狗,名曰'贾';掘地而得豚,名曰'邪';掘地而得人;名曰'聚';'聚'无伤也。"此物之自然,无谓鬼神而怪之。然则'贾'与'地狼'名异,其实一物也。《淮南万毕》曰:"千岁羊肝,化为'地宰';蟾蜍得苽,卒时为'鹑'。"此皆因气化以相感而成也。

吴诸葛恪为丹阳太守,尝出猎,两山之间,有物如小儿,伸手欲引人。恪令伸之,乃引去故地。去故地,即死。既而参佐问其故,以为神明。恪曰:"此事在《白泽图》内,曰:'两山之间,其精如小儿,见人,则伸手欲引人,名曰"傒囊",引去故地,则死。'无谓神明而异之。诸君偶未见耳。"

王莽建国四年,池阳有小人景,长一尺余,或乘车,或步行,操持万物,大小各自相称,三日乃止。莽甚恶之。自后盗贼日甚,莽竟被杀。《管子》曰:"涸泽数百岁,谷之不徙,水之不绝者,生'庆忌'。'庆忌'者,其状若人,其长四寸,衣黄衣,冠黄冠,戴黄盖,乘小马,好疾驰,以其名呼之,可使千里外一日反报。"然池阳之景者,或"庆忌"也乎?又曰:"涸小水精生'蚳'。""蚳"者,一头而两身,其状若蛇,长八尺,以其名呼之,可使取鱼鳖。

晋扶风杨道和，夏于田中，值雨，至桑树下，霹雳下击之，道和以锄格，折其股，遂落地，不得去。唇如丹，目如镜，毛角长三寸余，状似六畜，头似猕猴。

秦时，南方有"落头民"，其头能飞。其种人部有祭祀，号曰"虫落"，故因取名焉，吴时，将军朱桓得一婢，每夜卧后，头辄飞去。或从狗窦，或从天窗中出入，以耳为翼，将晓，复还。数数如此，傍人怪之，夜中照视，唯有身无头，其体微冷，气息裁属。乃蒙之以被。至晓，头还，碍被不得安，两三度，堕地。噫咤甚愁，体气甚急，状若将死。乃去被，头复起傅颈。有顷，和平。桓以为大怪，畏不敢畜，乃放遣之。既而详之，乃知天性也。时南征大将，亦往往得之。又尝有覆以铜盘者，头不得进，遂死。

江汉之域，有"貙人"，其先，禀君之苗裔也，能化为虎。长沙所属蛮县东高居民，曾作槛捕虎，槛发，明日众人共往格之，见一亭长，赤帻，大冠，在槛中坐。因问"君何以入此中？"亭长大怒曰："昨忽被县召，夜避雨，遂误入此中。急出我。"曰："君见召，不当有文书耶？"即出怀中召文书。于是即出之。寻视，乃化为虎，上山走。或云："貙，虎化为人，如着紫葛衣，其足无踵，虎有五指者，皆是貙。"

蜀中西南高山之上，有物与猴相类，长七尺，能作人行，善走逐人，名曰"猳国"，一名"马化"，或曰"玃猿"。伺道行妇女有美者，辄盗取将去，人不得知。若有行人经过其旁，皆以长绳相引，犹故不免。此物能别男女气臭，故取女，男不取也。若取得人女，则为家室。其无子者，终身不得还。十年之后，形皆类之。意亦迷惑，不复思归。若有子者，辄抱送还其家，产子皆如人形。有不养者，其母辄死；故惧怕之，无敢不养。及长，与人不异。皆以杨为姓。故今蜀中西南多诸杨，率皆是"猳国""马化"之子孙也。

临川间诸山有妖物，来常因大风雨，有声如啸，能射人，其所著者如蹄，有顷头肿大。毒有雌雄，雄急而雌缓；急者不过半日间，缓者经宿。其旁人常有以救之，救之少迟，则死。俗名曰"刀劳鬼"。故外书云："鬼神者，其祸福发扬之验于世者也。"《老子》曰："昔之得一者：天得一以清，地得一以宁，神得一以灵，谷得一以盈，侯王得一以为天下贞。"然则天地鬼神，与我并生者也；气分则性异，域别则形殊，莫能相兼也。生者主阳，死者主阴，性之所托，各安其生，太阴之中，怪物存焉。

越地深山中有鸟，大如鸠，青色，名曰"冶鸟"，穿大树，作巢，如五六升器，户口径数寸：周饰以土垩，赤白相分，状如射侯。伐木者见此树，即避之去；或夜冥不见鸟，鸟亦知人不见，便鸣唤曰："咄，咄，上去！"明日便宜急上。"咄，咄，下去！"明日便宜急下。若不使去，但言笑而不已者，人可止伐也。若有秽恶及其所止者，则有虎通夕来守，人不去，便伤害人。此鸟，白日见其形，是鸟也；夜听其鸣，亦鸟也；时有观乐者，便作人形，长三尺，至涧中取石蟹；就火炙之，人不可犯也。越人谓此鸟是"越祝"之祖也。

南海之外，有"鲛人"，水居如鱼，不废织绩。其眼泣则能出珠。

庐江耽、枞阳二县境上，有大青、小青居山野之中，时闻哭声，多者至数十人，男女大小，如始丧者。邻人惊骇，至彼奔赴，常不见人。然于哭地，必有死丧。率声若多，则为大家；声若小，则为小家。

庐陵大山之间，有"山都"，似人，裸身，见人便走。有男，女，可长四五丈，能啸相唤，常在幽昧之中，似魑魅鬼物。

汉中平中，有物处于江水，其名曰"蜮"，一曰"短狐"，能含沙射人。所中者，则身体筋急，头痛，发热，剧者至死。江人以术方抑之，则得沙石于肉中。《诗》所谓"为鬼，为蜮，则不可测"也。今俗谓之"溪毒"。先儒以为男女同川而浴，淫女为主，乱气所生也。

汉永昌郡不韦县有禁水，水有毒气，唯十一月，十二月差可渡涉，自正月至十月不可渡，渡辄病，杀人，其气中有恶物，不见其形，其作有声，如有所投击。中木则折，中人则害。土俗号为"鬼弹"。故郡有罪人，徙之禁旁，不过十日皆死。

余外妇姊夫蒋士，有佣客得疾下血。医以中蛊，乃密以蘘荷根布席下，不使知。乃狂言曰："食我蛊者，乃张小小也。"乃呼："小小亡去。"今世攻蛊，多用蘘荷根，往往验。蘘荷，或谓嘉草。

鄱阳赵寿，有犬蛊，时陈岑诣寿，忽有大黄犬六七，群出吠岑，后余相伯归与寿妇食，吐血，几死。乃屑桔梗以饮之而愈。蛊有怪物，若鬼，其妖形变化杂类殊种，或为狗豕，或为虫蛇。其人皆自知其形状，行之于百姓,所中皆死。

营阳郡有一家,姓廖,累世为蛊,以此致富。后取新妇,不以此语之。遇家人咸出,唯此妇守舍,忽见屋中有大缸,妇试发之,见有大蛇,妇乃作汤灌杀之。及家人归,妇具白其事,举家惊惋。未几,其家疾疫,死亡略尽。

卷十三

泰山之东，有澧泉，其形如井，本体是石也。欲取饮者，皆洗心志，跪而挹之，则泉出如飞，多少足用，若或污漫，则泉止焉。盖神明之尝志者也。

二华之山，本一山也，当河，河水过之而曲行；河神巨灵，以手擘开其上，以足蹋离其下，中分为两。以利河流。今观手迹于华岳上，指掌之形具在；脚迹在首阳山下，至今犹存。故张衡作《西京赋》所称"巨灵赑屃，高掌远迹，以流河曲"，是也。

汉武徙南岳之祭于庐江灊县霍山之上，无水。庙有四镬，可受四十斛，至祭时，水辄自满，用之足了，事毕即空。尘土树叶，莫之污也。积五十岁，岁作四祭，后但作三祭，一镬自败。

樊东之东有樊山，若天旱，以火烧山，即至大雨。今往有验。

空桑之地，今名为孔窦，在鲁南山之穴。外有双石，如桓楹起立，高数丈。鲁人弦歌祭祀。穴中无水，每当祭时，洒扫以告，辄有清泉自石间出，足以周事。既已，泉亦止。其验至今存焉。

湘穴中有黑土，岁大旱，人则共壅水以塞此穴，穴淹，则大雨立至。

秦惠王二十七年，使张仪筑成都城，屡颓。忽有大龟浮于江，至东子城东南隅而毙。仪以问巫。巫曰："依龟筑之。"便就，故名龟化城。

由拳县，秦时长水县也。始皇时童谣曰："城门有血，城当陷没为湖。"有妪闻之，朝朝往窥。门将欲缚之，妪言其故。后门将以犬血涂门，妪见血，便走去。忽有大水欲没县。主簿令干入白令，令曰："何忽作鱼？"干曰："明府亦作鱼。"遂沦为湖。

秦时，筑城于武周塞内，以备胡，城将成而崩者数焉。有马驰走，周旋反复，父老异之，因依马迹以筑城，城乃不崩。遂名马邑。其故城今在朔州。

汉武帝凿昆明池，极深，悉是灰墨，无复土。举朝不解，以问东方朔。朔曰："臣愚不足以知之。"曰："试问西域人。"帝以朔不知，难以移问。至后汉明帝时，西域道人入来洛阳，时有忆方朔言者，乃试以武帝时灰墨问之。道人云："经云：'天地大劫将尽，则劫烧。'此劫烧之余也。"乃知朔言有旨。

临沅县有廖氏，世老寿。后移居，子孙辄残折。他人居其故宅，复累世寿。乃知是宅所为。不知何故。疑井水赤，乃掘井左右，得古人埋丹砂数十斛。丹汁入井，是以饮水而得寿。

江东名"余腹"者。昔吴王阖闾江行，食脍，有余，因弃中流，悉化为鱼；今鱼中有名"吴王脍余"者，长数寸，大者如箸，犹有脍形。

蟛蜞，蟹也。尝通梦于人，自称"长卿"。今临海人多以"长卿"呼之。

南方有虫，名"蠮螉"，一名"蚫蠋"，又名"青蚨"，形似蝉而稍大，味辛美，可食。生子必依草叶，大如蚕子，取其子，母即飞来，不以远近，虽潜取其子，母必知处。以母血涂钱八十一文，以子血涂钱八十一文，每市物。或先用母钱，或先用子钱，皆复飞归，轮转无已。故《淮南子术》以之还钱，名曰"青蚨"。

土蜂，名曰"蜾蠃"，今世谓"蝈蠮""细腰"之类。其为物纯雄而无雌，不交不产，常取桑虫或阜螽子育之，则皆化成己子。亦或谓之"螟蛉"。《诗》曰："螟蛉有子，果蠃负之。"是也。

木蠹生虫，羽化为蝶。

猬多刺，故不便超逾杨柳。

昆仑之墟，地首也，是唯帝之下都，故其外绝以弱水之深，又环以炎火之山。山上有鸟兽草木，皆生育滋长于炎火之中；故有"火浣布"，非此山草木之皮枲，则其鸟兽之毛也。汉世西域旧献此布，中间久绝。至魏初时，人疑其无有。文帝以为火性酷裂，无含生之气，着之《典论》，明其不然之事，绝智者之听。及明帝立，诏三公曰："先帝昔著《典论》，不朽之格言，其刊石于庙门之外及太学，与石经并，以永示来世。"至是，西域使人献"火浣布"袈裟，于是刊灭此论，而天下笑之。

夫金之性一也，以五月丙午日中铸为阳燧，以十一月壬子夜半铸为阴燧。（言丙午日铸为"阳燧"，可取火；壬子夜铸为"阴燧"，可取水也。）

汉灵帝时,陈留蔡邕,以数上书陈奏,忤上旨意,又内宠恶之,虑不免,乃亡命江海,远迹吴会。至吴,吴人有烧桐以爨者,邕闻火烈声,曰:"此良材也。"因请之,削以为琴,果有美音。而其尾焦,因名"焦尾琴"。

蔡邕尝至柯亭,以竹为椽,邕仰眄之,曰:"良竹也。"取以为笛,发声辽亮。一云:"邕告吴人曰:'吾昔尝经会稽高迁亭,见屋东间第十六竹椽,可为笛,取用,果有异声。"

卷十四

昔高阳氏，有同产而为夫妇，帝放之于崆峒之野。相抱而死。神鸟以不死草覆之，七年，男女同体而生。二头，四手足，是为蒙双氏。

高辛氏，有老妇人，居于王宫，得耳疾历时，医为挑治，出顶虫，大如茧。妇人去后，置于瓠中，覆之以盘，俄尔顶虫乃化为犬，其文五色，因名盘瓠，遂畜之。时戎吴强盛，数侵边境，遣将征讨，不能擒胜。乃募天下有能得戎吴将军首者，赠金千斤，封邑万户，又赐以少女。后盘瓠衔得一头，将造王阙。王诊视之，即是戎吴。为之奈何？群臣皆曰："盘瓠是畜，不可官秩，又不可妻。虽有功，无施也。"少女闻之，启王曰："大王既以我许天下矣。盘瓠衔首而来，为国除害，此天命使然，岂狗之智力哉。王者重言，伯者重信，不可以女子微躯，而负明约于天下，国之祸也。"王惧而从之。令少女从盘瓠，盘瓠将女上南山，草木茂盛，无人行迹。于是女解去衣裳，为仆竖之结，着独力之衣，随盘瓠升山，入谷，止于石室之中。王悲思之，遣往视觅，天辄风雨，岭震云晦，往者莫至。盖经三年，产六男，六女。盘瓠死后，自相配偶，因为夫妇。织绩木皮，染以草实。好五色衣服，裁制皆有尾形，后母归，以语王，王遣使迎诸男女，天不复雨。衣服褊裢，言语侏㒧，饮食蹲踞，好山恶都。王顺其意，赐以名山广泽，号曰蛮夷。蛮夷者，外痴内黠，安土重旧，以其受异气于天命，故待以不常之律。田作贾贩，无关繻、符传、租税之赋。有邑，君长皆赐印绶。冠用獭皮，取其游食于水。今即梁汉、巴蜀、武陵、长沙、庐江郡夷是也。用糁，杂鱼肉，叩槽而号，以祭盘瓠，其俗至今。故世称"赤髀，横裙，盘瓠子孙"。

槀离国王侍婢有娠，王欲杀之。婢曰："有气如鸡子，从天来下，故我有娠。"后生子，捐之猪圈中，猪以喙嘘之；徙至马枥中，马复以气嘘之。故得不死。王疑以为天子也，乃令其母收畜之，名曰东明。常令牧马。

东明善射，王恐其夺己国也，欲杀之。东明走，南至施掩水，以弓击水。鱼鳖浮为桥，东明得渡。鱼鳖解散，追兵不得渡。因都王夫余。

古徐国宫人娠而生卵，以为不祥，弃之水滨。有犬，名鹄苍，衔卵以归。遂生儿，为徐嗣君。后鹄苍临死，生角而九尾，实黄龙也。葬之徐里中。见有狗垄在焉。

斗伯比父早亡，随母归在舅姑之家，后长大，乃奸妘子之女，生子文。其妘子妻耻女不嫁而生子。乃弃于山中。妘子游猎，见虎乳一小儿，归与妻言，妻曰："此是我女与伯比私通生此小儿。我耻之，送于山中。"妘子乃迎归养之，配其女与伯比。楚人因呼子文为"谷乌菟"。仕至楚相也。

齐惠公之妾萧同叔子见御，有身，以其贱，不敢言也，取薪而生顷公于野，又不敢举也。有狸乳而鹠覆之。人见而收，因名曰无野。是为顷公。

袁钐者，羌豪也。秦时，拘执为奴隶，后得亡去，秦人追之急迫，藏于穴中，秦人焚之，有景相如虎来为蔽，故得不死。诸羌神之，推以为君。其后种落炽盛。

后汉定襄太守窦奉妻生子武，并生一蛇。奉送蛇于野中，及武长大，有海内俊名。母死，将葬未窆，宾客聚集，有大蛇从林草中出，径来棺下，委地俯仰，以头击棺，血涕并流，状若哀恸，有顷而去。时人知为窦氏之祥。

晋怀帝永嘉中，有韩媪者，于野中见巨卵。持归育之，得婴儿，字曰撅儿。方四岁，刘渊筑平阳城，不就，募能城者。撅儿应募。因变为蛇，令媪遗灰志其后，谓媪曰："凭灰筑城，城可立就。"竟如所言。渊怪之，遂投入山穴间，露尾数寸，使者斩之，忽有泉出穴中，汇为池，因名金龙池。

元帝永昌中，暨阳人任谷，因耕息于树下，忽有一人着羽衣就淫之。既而不知所在。谷遂有妊。积月，将产，羽衣人复来，以刀穿其阴下，出一蛇子便去。谷遂成宦者，诣阙自陈，留于宫中。

旧说：太古之时，有大人远征，家无余人，唯有一女。牡马一匹，女亲养之。穷居幽处，思念其父，乃戏马曰："尔能为我迎得父还，吾将嫁汝。"马既承此言，乃绝缰而去，径至父所。父见马，惊喜，因取而乘之。马望所自来，悲鸣不已。父曰："此马无事如此，我家得无有故乎！"亟乘以归。为畜生有非常之情，故厚加刍养。马不肯食。每见女出入，辄喜怒奋击。如此非一。父怪之，密以问女，女具以告父，必为是故。父曰："勿言。恐辱家门。且莫出入。"于是伏弩射杀之,暴皮于庭。父行,女以邻女于皮所戏,以足蹙之曰:"汝是畜生,而欲取人为妇耶!招此屠剥,如何自苦!"言未及竟,马皮蹶然而起,卷女以行。邻女忙怕,不敢救之。走告其父。父还求索,已出失之。后经数日,得于大树枝间,女及马皮,尽化为蚕,而绩于树上。其茧纶理厚大,异于常蚕。邻妇取而养之,其收数倍。因名其树曰桑。桑者,丧也。由斯百姓竞种之,今世所养是也。言桑蚕者,是古蚕之余类也。案:《天官》:"辰,为马星。"《蚕书》曰:"月当大火,则浴其种。"是蚕与马同气也。《周礼》禼职掌"禁原蚕者"。注云:"物莫能两大,禁原蚕者,为其伤马也。"汉礼,皇后亲采桑,祀蚕神,曰:"菀窳妇人,寓氏公主。"公主者,女之尊称也。菀窳妇人,先蚕者也。故今世或谓蚕为女儿者,是古之遗言也。

羿请无死之药于西王母,嫦娥窃之以奔月,将往,枚筮之于有黄。有黄占之曰:"吉。翩翩归妹,独将西行。逢天晦芒,毋恐毋惊。后且大昌。"嫦娥遂托身于月,是为"蟾蜍"。

舌埵山帝之女死,化为怪草,其叶郁茂,其华黄色,其实如兔丝。故服怪草者,恒媚于人焉。

荥阳县南百余里,有兰岩山,峭拔千丈,常有双鹤,素羽皦然,日夕偶影翔集。相传云:"昔有夫妇隐此山,数百年,化为双鹤,不绝往来。忽一旦,一鹤为人所害,其一鹤岁常哀鸣。至今响动岩谷,莫知其年岁也。"

豫章新喻县男子,见田中有六七女,皆衣毛衣,不知是鸟。匍匐往,得其一女所解毛衣,取藏之,即往就诸鸟。诸鸟各飞去,一鸟独不得去。男子取以为妇,生三女。其母后使女问父,知衣在积稻下,得之,衣而飞去,后复以迎三女,女亦得飞去。

汉灵帝时,江夏黄氏之母浴盘水中,久而不起,变为鼋矣。婢惊走告。比家人来,鼋转入深渊。其后时时出见。初浴,簪一银钗,犹在其首。于是黄氏累世不敢食鼋肉。

魏黄初中,清河宋士宗母,夏天于浴室里浴,遣家中大小悉出,独在室中。良久,家人不解其意,于壁穿中窥之。不见人体,见盆水中有一大鳖。遂开户,大小悉入,了不与人相承。尝先着银钗,犹在头上。相与守之啼泣,无可奈何。意欲求去,永不可留。视之积日,转懈。自捉出户外。其去甚驶,逐之不及,遂便入水。后数日,忽还,巡行宅舍如平生,了无所言而去。时人谓士宗应行丧治服;士宗以母形虽变,而生理尚存,竟不治丧。此与江夏黄母相似。

吴孙皓宝鼎元年六月晦,丹阳宣骞母,年八十矣。亦因洗浴化为鼋,其状如黄氏。骞兄弟四人,闭户卫之,掘堂上作大坎,泻水其中。鼋入坎游戏。一二日间,恒延颈外望,伺户小开,便轮转自跃入于深渊。遂不复还。

汉献帝建安中,东郡民家有怪:无故,瓮器自发訇訇作声,若有人击;盘案在前,忽然便失;鸡生子,辄失去。如是数岁,人甚恶之。乃多做美食,覆盖,着一室中,阴藏户间窥伺之。果复重来,发声如前。闻,便闭户,周旋室中,了无所见。乃阖以杖挝之。良久,于室隅间有所中,便闻呻吟之声,曰:"唷!唷!宜死。"开户视之,得一老翁,可百余岁,言语了不相当,貌状颇类于兽。遂行推问,乃于数里外得其家,云:"失来十余年。"得之哀喜。后岁余,复失之。闻陈留界复有怪如此,时人咸以为此翁。

卷十五

秦始皇时，有王道平，长安人也，少时与同村人唐叔偕女，小名父喻，容色俱美，誓为夫妇。寻王道平被差征伐，落堕南国，九年不归。父母见女长成，即聘与刘祥为妻。女与道平，言誓甚重，不肯改事。父母逼迫，不免，出嫁刘祥。经三年，忽忽不乐，常思道平，忿怨之深，悒悒而死。死经三年，平还家，乃诘邻人："此女安在？"邻人云："此女意在于君，被父母凌逼，嫁与刘祥，今已死矣。"平问："墓在何处？"邻人引往墓所，平悲号哽咽，三呼女名，绕墓悲苦，不能自止。平乃祝曰："我与汝立誓天地，保其终身，岂料官有牵缠，致令乖隔，使汝父母与刘祥。既不契于初心，生死永诀。然汝有灵圣，使我见汝生平之面。若无神灵，从此而别。"言讫，又复哀泣。逡巡，其女魂自墓出，问平："何处而来？良久契阔。与君誓为夫妇，以结终身，父母强逼，乃出聘刘祥。已经三年，日夕忆君，结恨致死，乖隔幽途。然念君宿念不忘，再求相慰，妾身未损，可以再生，还为夫妇。且速开冢破棺，出我即活。"平审言，乃启墓门，扪看，其女果活。乃结束随平还家。其夫刘祥闻之，惊怪，申诉于州县。检律断之，无条，乃录状奏王。王断归道平为妻。寿一百三十岁。实谓精诚贯于天地，而获感应如此。

晋惠帝世，河间郡有男女私悦，许相配适；寻而男从军，积年不归，女家更欲适之，女不愿行，父母逼之，不得已而去，寻病死。其男戍还，问女所在，其家具说之。乃至冢，欲哭之叙哀，而不胜其情，遂发冢，开棺，女即苏活，因负还家，将养数日，平复如初。后夫闻，乃往求之；其人不还，曰："卿妇已死，天下岂闻死人可复活耶？此天赐我，非卿妇也。"于是相讼，郡县不能决，以谳廷尉，秘书郎王导奏："以精诚之至，感于天地，故死而更生，此非常事，不得以常礼断之。请还开冢者。"朝廷从其议。

汉献帝建安中，南阳贾偶，字文合，得病而亡。时有吏，将诣太山，司命阅簿，谓吏曰："当召某郡文合，何以召此人？可速遣之。"时日暮，遂至郭外树下宿，见一年少女独行，文合问曰："子类衣冠，何乃徒步？姓字为谁？"女曰："某三河人，父见为弋阳令。昨被召来，今却得还。遇日暮，惧获瓜田李下之讥。望君之容，必是贤者，是以停留，依凭左右。"文合曰："悦子之心，愿交欢于今夕。"女曰："闻之诸姑：女子以贞专为德，洁白为称。"文合反复与言，终无动志。天明，各去。文合卒已再宿，停丧将殓，视其面，有色，扪心下，稍温。少顷，却苏。后文合欲验其实，遂至弋阳，修刺谒令，因问曰："君女宁卒而却苏耶？"具说女子姿质、服色、言语相反复本末。令入问女，所言皆同。乃大惊叹，竟以此女配文合焉。

汉建安四年二月，武陵充县妇人李娥，年六十岁，病卒，埋于城外，已十四日。娥比舍有蔡仲，闻娥富，谓殡当有金宝，乃盗发冢求金，以斧剖棺。斧数下，娥于棺中言曰："蔡仲！汝护我头。"仲惊，遽便出走，会为县吏所见，遂收治。依法，当弃市。娥儿闻母活，来迎出，将娥回去。武陵太守闻娥死复生，召见，问事状。娥对曰："闻谬为司命所召，到时，得遣出。过西门外，适见外兄刘伯文，惊相劳问，涕泣悲哀。娥语曰：'伯文，我一日误为所召，今得遣归，既不知道，不能独行，为我得一伴否？又我见召在此，已十余日，形体又为家人所葬埋，归，当那得自出？'伯文曰：'当为问之。'即遣门卒与尸曹相问：'司命一日误召武陵女子李娥，今得遣还。娥在此积日，尸丧，又当殡殓，当作何等得出？又女弱，独行，岂当有伴耶？是吾外妹，幸为便安之。'答曰：'今武陵西界，有男子李黑，亦得遣还，便可为伴。兼敕黑过娥比舍蔡仲，发出娥也。'于是娥遂得出。与伯文别，伯文曰：'书一封，以与儿佗。'娥遂与黑俱归。事状如此。"太守闻之，慨然叹曰："天下事真不可知也。"乃表，以为："蔡仲虽发冢，为鬼神所使；虽欲无发，势不得已，宜加宽宥。"诏书报可。太守欲验语虚实，即遣马吏于西界，推问李黑，得之，与黑语协。乃致伯文书与佗，佗识其纸，乃是父亡时送箱中文书也。表文字犹在也，而书不可晓。乃请费长房读之，曰："告佗：我当从府君出案行部，当以八月八日日中时，武陵城南沟水畔顿。汝是时必往。"到期，悉将大小于城南待之。须臾果至，但闻人马隐隐之声，诣沟水，便闻有呼声曰："佗来！汝得我所寄李娥书不耶？"曰："即得之，故来至此。"伯文以次呼家中大小，久之，悲伤断绝，曰："死生异路，不能数得汝消息，吾亡后，儿孙乃尔许大！"良久，谓佗曰："来春大病，与此一丸药，以涂门户，则辟来年妖疠矣。"言讫，忽去，竟不得见其形。至来春，武陵果大病，白日皆见鬼，唯伯文之家，鬼不敢向。费长房视药丸，曰："此'方相'脑也。"

汉，陈留考城，史妸，字威明，年少时，尝病，临死，谓母曰："我死当复生。埋我，以竹杖柱于瘗上，若杖折，掘出我。"及死，埋之，柱如其言。七日，往视，杖果折。即掘出之，已活。走至井上，浴，平复如故。后与邻船至下邳卖锄，不时售，云："欲归。"人不信之，曰："何有千里暂得归耶？"答曰："一宿便还。"即书，取报以为验实。一宿便还，果得报。考城令江夏鄳贾和姊病，在乡里，欲急知消息，请往省之。路遥三千，再宿还报。

会稽贺瑀，字彦琚，曾得疾，不知人，唯心下温，死三日，复苏。云："吏人将上天，见官府，入曲房，房中有层架，其上层有印，中层有剑，使瑀惟意所取。而短不及上层，取剑以出，门吏问：'何得？'云：'得剑。'曰：'恨不得印，可策百神，剑惟得使社公耳。'"疾愈，果有鬼来，称社公。

戴洋，字国流，吴兴长城人，年十二，病死。五日而苏。说："死时，天使其为酒藏吏，授符箓，给吏从幡麾，将上蓬莱、昆仑、积石、太室、庐、衡等山，既而遣归。"妙解占候。知吴将亡，托病不仕，还乡里，行至濑乡，经老子祠，皆是洋昔死时所见使处，但不复见昔物耳。因问守藏应凤曰："去二十余年，尝有人乘马东行，经老君祠而不下马，未达桥，坠马死者否？"凤言有之。所问之事，多与洋同。

吴，临海松阳人柳荣，从吴相张悌至扬州。荣病，死船中，二日，军士已上岸。无有埋之者，忽然大叫，言："人缚军师！人缚军师！"声甚激扬。遂活。人问之。荣曰："上天北斗门下，卒见人缚张悌，意中大愕，不觉大叫言：'何以缚军师？'门下人怒荣，叱逐使去。荣便怖惧，口余声发扬耳。"其日，悌即死战。荣至晋元帝时犹存。

吴国富阳人马势妇，姓蒋，村人应病死者，蒋辄恍惚熟眠经日，见病人死，然后省觉。觉则具说，家中人不信之。语人云："某中病，我欲杀之，怒强魂难杀，未即死。我入其家内，架上有白米饭，几种鲑，我暂过灶下戏,婢无故犯我,我打其脊,使婢当时闷绝,久之乃苏。"其兄病,有乌衣人令杀之,向其请乞,终不下手。醒,乃语兄云:"当活。"

晋咸宁二年十二月,琅琊颜畿,字世都,得病,就医,张瑳使治,死于张家。棺敛已久。家人迎丧,旐每绕树木而不可解。人咸为之感伤。引丧者忽颠仆,称畿言曰:"我寿命未应死,但服药太多,伤我五脏耳。今当复活,慎无葬也。"其父拊而祝之,曰:"若尔有命,当复更生,岂非骨肉所愿?今但欲还家,不尔葬也。"旐乃解。及还家,其妇梦之曰:"吾当复生,可急开棺。"妇便说之。其夕,母及家人又梦之。即欲开棺,而父不听。其弟含,时尚少,乃慨然曰:"非常之事,自古有之;今灵异至此,开棺之痛,孰与不开相负?"父母从之。乃共发棺,果有生验,以手刮棺,指爪尽伤,然气息甚微,存亡不分矣,于是急以绵饮沥口,能咽,遂与出之。将护累月,饮食稍多,能开目视瞻,屈伸手足,不与人相当,不能言语,饮食所须,托之以梦。如此者十余年,家人疲于供护,不复得操事。含乃弃绝人事,躬亲侍养,以知名州党。后更衰劣,卒复还死焉。

羊祜,年五岁时,令乳母取所弄金镮,乳母曰:"汝先无此物。"祜即诣邻人李氏东垣桑树中,探得之。主人惊曰:"此吾亡儿所失物也,云何持去?"乳母具言之。李氏悲惋。时人异之。

汉末,关中大乱,有发前汉宫人冢者,宫人犹活,既出,平复如旧。魏郭后爱念之,录置宫内,常在左右,问汉时宫中事,说之了了,皆有次绪。郭后崩,哭泣过哀,遂死。

魏时太原发冢,破棺,棺中有一生妇人,将出,与语,生人也。送之京师,问其本事,不知也。视其冢上树木,可三十岁,不知此妇人三十岁常生于地中耶?将一朝欻生,偶与发冢者会也?

晋世,杜锡,字世嘏,家葬而婢误不得出。后十余年,开冢祔葬,而婢尚生。云:"其始如瞑目。有顷,渐觉。"问之,自谓:"当一再宿耳。"初婢埋时,年十五六,及开冢后,姿质如故。更生十五六年,嫁之,有子。

汉桓帝冯贵人,病亡。灵帝时有盗贼发冢,七十余年,颜色如故,但肉小冷。群贼共奸通之,至斗争相杀,然后事觉。后窦太后家被诛,欲以冯贵人配食。下邳陈公达议:"以贵人虽是先帝所幸,尸体秽污,不宜配至尊。"乃以窦太后配食。

吴孙休时，戍将于广陵掘诸冢，取版，以治城，所坏甚多。复发一大冢，内有重阁，户扇皆枢转可开闭，四周为徼道，通车，其高可以乘马。又铸铜人数十，长五尺，皆大冠，朱衣，执剑，侍列灵坐。皆刻铜人背后面壁，言殿中将军，或言侍郎、常侍，似公侯之冢。破其棺，棺中有人，发已斑白，衣冠鲜明，面体如生人。棺中云母，厚尺许，以白玉璧三十枚借尸。兵人辈共举出死人，以倚冢壁。有一玉，长尺许，形似冬瓜，从死人怀中透出，堕地。两耳及孔鼻中，皆有黄金，如枣许大。

汉广川王好发冢。发栾书冢，其棺枢盟器，悉毁烂无余。唯有一白狐，见人惊走。左右逐之，不得，戟伤其左足。是夕，王梦一丈夫，须眉尽白，来谓王曰："何故伤吾左足？"乃以杖叩王左足。王觉，肿痛，即生疮，至死不差。

卷十六

昔颛顼氏有三子,死而为疫鬼:一居江水,为疟鬼;一居若水,为魍魉鬼;一居人宫室,善惊人小儿,为小鬼。于是正岁,命方相氏帅肆傩以驱疫鬼。

挽歌者,丧家之乐,执绋者相和之声也。挽歌辞有"薤露""蒿里"二章。汉田横门人作。横自杀,门人伤之,悲歌,言:人如薤上露,易晞灭;亦谓人死,精魂归于蒿里。故有二章。

阮瞻,字千里,素执无鬼论,物莫能难。每自谓,此理足以辨正幽明。忽有客通名诣瞻,寒温毕,聊谈名理。客甚有才辨,瞻与之言,良久,及鬼神之事,反复甚苦。客遂屈,乃作色曰:"鬼神,古今圣贤所共传,君何得独言无?即仆便是鬼。"于是变为异形,须臾消灭。瞻默然,意色太恶。岁余,病卒。

吴兴施续为寻阳督,能言论,有门生亦有理意,常秉无鬼论。忽有一黑衣白袷客来,与共语,遂及鬼神。移日,客辞屈,乃曰:"君辞巧,理不足。仆即是鬼,何以云无?"问:"鬼何以来?"答曰:"受使来取君,期尽明日食时。"门生请乞,酸苦。鬼问:"有人似君者否?"门生云:"施续帐下都督,与仆相似。"便与俱往,与都督对坐。鬼手中出一铁凿,可尺余,安着都督头,便举椎打之。都督云:"头觉微痛。"向来转剧,食顷便亡。

蒋济,字子通,楚国平阿人也,仕魏,为领军将军。其妇梦见亡儿,涕泣曰:"死生异路,我生时为卿相子孙,今在地下,为泰山伍伯,憔悴困苦,不可复言。今太庙西讴士孙阿见召为泰山令,愿母为白侯,属阿,令转我得乐处。"言讫,母忽然惊寤。明日以白济。济曰:"梦为虚耳,不足怪也。"日暮,复梦曰:"我来迎新君,止在庙下,未发之顷,暂得来归。新君明日日中当发。临发多事,不复得归。永辞于此。侯气强难感悟，故自诉于母，愿重启侯：何惜不一试验之？"遂道阿之形状言甚备悉。天明，母重启济："虽云梦不足怪，此何太适适，亦何惜不一验之？"济乃遣人诣太庙下，推问孙阿，果得之，形状证验，悉如儿言。济涕泣曰："几负吾儿。"于是乃见孙阿，具语其事。阿不惧当死，而喜得为泰山令，唯恐济言不信也，曰："若如节下言，阿之愿也。不知贤子欲得何职？"济曰："随地下乐者与之。"阿曰："辄当奉教。"乃厚赏之。言讫，遣还。济欲速知其验，从领军门至庙下，十步安一人，以传消息。辰时，传阿心痛；巳时，传阿剧；日中，传阿亡。济曰："虽哀吾儿之不幸，且喜亡者有知。"后月余，儿复来，语母曰："已得转为录事矣。"

汉，令支县有孤竹城，古孤竹君之国也。灵帝光和元年，辽西人见辽水中有浮棺，欲斫破之；棺中人语曰："我是伯夷之弟，孤竹君也。海水坏我棺椁，是以漂流。汝斫我何为？"人惧，不敢斫。因为立庙祠祀。吏民有欲发视者，皆无病而死。

温序，字公次，太原祁人也，任护军校尉，行部至陇西，为隗嚣将所劫，欲生降之。序大怒，以节挝杀人，贼趋，欲杀序。荀宇止之曰："义士欲死节。"赐剑，令自裁。序受剑，衔须着口中，叹曰："则令须污土。"遂伏剑死。更始怜之，送葬到洛阳城旁，为筑冢。长子寿，为邬平侯，梦序告之曰："久客思乡。"寿即弃官，上书乞骸骨归葬。帝许之。

汉，南阳文颖，字叔良，建安中为甘陵府丞。过界止宿，夜三鼓时，梦见一人跪前曰："昔我先人，葬我于此，水来湍墓，棺木溺，渍水处半，然无以自温。闻君在此，故来相依，欲屈明日暂住须臾，幸为相迁高燥处。"鬼披衣示颖，而皆沾湿。颖心怆然，即寤，语诸左右，曰："梦为虚耳，亦何足怪。"颖乃还眠向寐处，梦见谓颖曰："我以穷苦告君，奈何不相愍悼乎？"颖梦中问曰："子为谁？"对曰："吾本赵人，今属汪芒氏之神。"颖曰："子棺今何所在？"对曰："近在君帐北十数步水侧枯杨树下，即是吾也。天将明，不复得见，君必念之。"颖答曰："喏！"忽然便寤。天明，可发，颖曰："虽曰梦不足怪，此何太适。"左右曰："亦何惜须臾，不验之耶？"颖即起，率十数人将导顺水上，果得一枯杨，曰："是矣。"掘其下，未几，果得棺。棺甚朽坏，没半水中。颖谓左右曰："向闻于人，谓之虚矣；世俗所传，不可无验。"为移其棺，葬之而去。

汉，九江何敞，为交州刺史，行部到苍梧郡高安县，暮宿鹄奔亭，夜犹未半，有一女从楼下出，呼曰："妾姓苏，名娥，字始珠，本居广信县，修里人。早失父母，又无兄弟，嫁与同县施氏，薄命夫死，有杂缯帛百二十疋，及婢一人，名致富。妾孤穷羸弱，不能自振，欲之旁县卖缯，从同县男子王伯赁牛车一乘，直钱万二千，载妾并缯，令致富执辔，乃以前年四月十日到此亭外。于时日已向暮，行人断绝，不敢复进，因即留止，致富暴得腹痛。妾之亭长舍乞浆，取火。亭长龚寿，操戈持戟，来至车旁，问妾曰：'夫人从何所来？车上所载何物？丈夫安在？何故独行？'妾应曰：'何劳问之？'寿因持妾臂曰：'少年爱有色，冀可乐也。'妾惧怖不从，寿即持刀刺胁下一创，立死。又刺致富，亦死。寿掘楼下，合埋妾在下，婢在上，取财物去。杀牛，烧车，车釭及牛骨，贮亭东空井中。妾既冤死，痛感皇天，无所告诉，故来自归于明使君。"敞曰："今欲发出汝尸，以何为验？"女曰："妾上下着白衣，青丝履，犹未朽也，愿访乡里，以骸骨归死夫。"掘之，果然。敞乃驰还，遣吏捕捉，拷问，俱服。下广信县验问，与娥语合。寿父母兄弟，悉捕系狱。敞表寿："常律，杀人不至族诛，然寿为恶首，隐密数年，王法自所不免。令鬼神诉者，千载无一，请皆斩之，以明鬼神，以助阴诛。"上报听之。

濡须口有大船，船覆在水中，水小时便出见，长老云："是曹公船。"尝有渔人，夜宿其旁，以船系之；但闻筝笛弦歌之音，又香气非常。渔人始得眠，梦人驱遣，云："勿近官妓。"相传云："曹公载妓，船覆于此，至今在焉。"

夏侯恺，字万仁，因病死。宗人儿苟奴，素见鬼，见恺数归，欲取马，并病其妻。着平上帻，单衣，入坐生时西壁大床，就人觅茶饮。

诸仲务一女显姨，嫁为米元宗妻，产亡于家。俗闻，产亡者，以墨点面。其母不忍，仲务密自点之，无人见者。元宗为始新县丞，梦其妻来上床，分明见新白，面上有黑点。

晋世，新蔡王昭平，辎车在厅事上，夜，无故自入斋室中，触壁而出。后又数闻呼噪攻击之声，四面而来。昭乃聚众设弓弩战斗之备，指声弓弩俱发，而鬼应声接矢数枚，皆倒入土中。

吴，赤乌三年，句章民杨度至余姚。夜行，有一少年，持琵琶，求寄载。

度受之。鼓琵琶数十曲,曲毕,乃吐舌,擘目,以怖度而去。复行二十里许,又见一老父,自云:"姓王,名戒。"因复载之。谓曰:"鬼工鼓琵琶,甚哀。"戒曰:"我亦能鼓。"即是向鬼。复擘眼,吐舌,度怖几死。

琅琊秦巨伯,年六十,尝夜行,饮酒,道经蓬山庙,忽见其两孙迎之。扶持百余步,便捉伯颈着地,骂:"老奴!汝某日捶我,我今当杀汝。"伯思,唯某时信捶此孙。伯乃佯死,乃置伯去。伯归家,欲治两孙,两孙惊愕,叩头言:"为子孙宁可有此?恐是鬼魅,乞更试之。"伯意悟。数日,乃诈醉,行此庙间,复见两孙来扶持伯。伯乃急持,鬼动作不得;达家,乃是两偶人也。伯着火炙之,腹背俱焦坼,出着庭中,夜皆亡去。伯恨不得杀之,后月余,又佯酒醉,夜行,怀刃以去,家不知也。极夜不还,其孙恐又为此鬼所困,乃俱往迎伯,伯竟刺杀之。

汉,建武元年,东莱人,姓池,家常作酒。一日,见三奇客,共持面饭至,索其酒饮,饮竟而去。顷之,有人来,云:"见三鬼酣醉于林中。"

吴先主杀武卫兵钱小小,形见大街,顾借赁人吴永,使永送书与街南庙,借木马二匹,以酒噀之,皆成好马,鞍勒俱全。

南阳宋定伯,年少时,夜行逢鬼。问之,鬼言:"我是鬼。"鬼问:"汝复谁?"定伯诳之,言:"我亦鬼。"鬼问:"欲至何所?"答曰:"欲至宛市。"鬼言:"我亦欲至宛市。"遂行数里,鬼言:"步行太迟,可共递相担,何如?"定伯曰:"大善。"鬼便先担定伯数里。鬼言:"卿太重,将非鬼也。"定伯言:"我新鬼,故身重耳。"定伯因复担鬼,鬼略无重。如是再三,定伯复言:"我新鬼,不知有何所畏忌?"鬼答言:"唯不喜人唾。"于是共行。道遇水,定伯令鬼先渡,听之,了然无声音。定伯自渡,漕漼作声。鬼复言:"何以有声?"定伯曰:"新死,不习渡水故耳。勿怪吾也。"行欲至宛市,定伯便担鬼,着肩上,急执之。鬼大呼,声咋咋然,索下,不复听之。径至宛市中,下着地,化为一羊,便卖之。恐其变化,唾之,得钱千五百,乃去。当时石崇有言:"定伯卖鬼,得钱千五。"

吴王夫差小女,名曰紫玉,年十八,才貌俱美。童子韩重,年十九,有道术,女悦之,私交信问,许为之妻。重学于齐、鲁之间,临去,嘱其父母使求婚。王怒,不与女。玉结气死,葬阊门之外。三年,重归,诘其父母。父母曰:"王大怒,玉结气死,已葬矣。"重哭泣哀恸,具牲币往吊于墓前。玉魂从墓出，见重流涕，谓曰："昔尔行之后，令二亲从王相求，度必克从大愿，不图别后遭命，奈何！"玉乃左顾，宛颈而歌曰："南山有乌，北山张罗；乌既高飞，罗将奈何！意欲从君，谗言孔多。悲结生疾，没命黄垆。命之不造，冤如之何！羽族之长，名为凤凰。一日失雄，三年感伤。虽有众鸟，不为匹双。故见鄙姿，逢君辉光。身远心近，何当暂忘？"歌毕，欷歔流涕，要重还冢。重曰："死生异路，惧有尤愆，不敢承命。"玉曰："死生异路，吾亦知之；然今一别，永无后期。子将畏我为鬼而祸子乎？欲诚所奉，宁不相信。"重感其言，送之还冢。玉与之饮讌，留三日三夜，尽夫妇之礼。临出，取径寸明珠以送重曰："既毁其名，又绝其愿，复何言哉！时节自爱。若至吾家，致敬大王。"重既出，遂诣王自说其事。王大怒曰："吾女既死，而重造讹言，以玷秽亡灵，此不过发冢取物，托以鬼神。"趣收重。重走脱，至玉墓所，诉之。玉曰："无忧。今归白王。"王妆梳，忽见玉，惊愕悲喜，问曰："尔缘何生？"玉跪而言曰："昔诸生韩重来求玉，大王不许，玉名毁，义绝，自致身亡。重从远还，闻玉已死，故赍牲币，诣冢吊唁。感其笃终，辄与相见，因以珠遗之，不为发冢。愿勿推治。"夫人闻之，出而抱之，玉如烟然。

　　陇西辛道度者，游学至雍州城四五里，比见一大宅，有青衣女子在门。度诣门下求飧。女子入告秦女，女命召入。度趋入阁中，秦女于西榻而坐。度称姓名，叙起居，既毕，命东榻而坐，即治饮馔。食讫，女谓度曰："我秦闵王女，出聘曹国，不幸无夫而亡。亡来已二十三年，独居此宅，今日君来，愿为夫妇，经三宿。"三日后，女即自言曰："君是生人，我鬼也，共君宿契，此会可三宵，不可久居，当有祸矣。然兹信宿，未悉绸缪，既已分飞，将何表信于郎？"即命取床后盒子开之，取金枕一枚，与度为信。乃分袂泣别，即遣青衣送出门外。未逾数步，不见舍宇，唯有一冢。度当时慌忙出走，视其金枕在怀，乃无异变。寻至秦国，以枕于市货之，恰遇秦妃东游，亲见度卖金枕，疑而索看，诘度何处得来？度具以告。妃闻，悲泣不能自胜，然向疑耳，乃遣人发冢启柩视之，原葬悉在，唯不见枕。解体看之，交情宛若。秦妃始信之。叹曰："我女大圣，死经二十三年，犹能与生人交往。此是我真女婿也。"遂封度为驸马都尉，赐金帛车马，令还本国。因此以来，后人名女婿为"驸马"；今之国婿，亦为"驸马"矣。

汉，谈生者，年四十，无妇，常感激读《诗经》。夜半，有女子，年可十五六，姿颜服饰，天下无双，来就生为夫妇。乃言曰："我与人不同，勿以火照我也，三年之后，方可照耳。"与为夫妇，生一儿，已二岁，不能忍，夜伺其寝后，盗照视之。其腰已上生肉，如人，腰以下，但有枯骨。妇觉，遂言曰："君负我。我垂生矣，何不能忍一岁，而竟相照也？"生辞谢涕泣，不可复止。云："与君虽大义永离，然顾念我儿，若贫不能自偕活者，暂随我去，方遗君物。"生随之去，入华堂，室宇器物不凡。以一珠袍与之，曰："可以自给。"裂取生衣裾留之而去。后生持袍诣市，睢阳王家买之，得钱千万。王识之曰："是我女袍，哪得在市？此必发冢。"乃取拷之。生俱以实对。王犹不信，乃视女冢，冢完如故。发视之，棺盖下果得衣裾。呼其儿视，正类王女。王乃信之，即召谈生，复赐遗之，以为女婿。表其儿为郎中。

卢充者，范阳人，家西三十里，有崔少府墓。充年二十，先冬至一日，出宅西猎戏。见一獐，举弓而射，中之，獐倒，复起。充因逐之，不觉远，忽见道北一里许，高门瓦屋，四周有如府舍，不复见獐。门中一铃下唱："客前。"充曰："此何府也？"答曰："少府府也，"充曰："我衣恶，哪得见少府？"即有一人提一襆新衣，曰："府君以此遗郎。"充便着讫，进见少府，展姓名。酒炙数行，谓充曰："尊府君不以仆门鄙陋，近得书，为君索小女婚，故相迎耳。"便以书示充。充，父亡时虽小，然已识父手迹，即歔欷无复辞免。便敕内："卢郎已来，可令女郎妆严。"且语充云："君可就东廊。"及至黄昏，内白："女郎妆严已毕。"充既至东廊，女已下车，立席头，却共拜。时为三日给食，三日毕，崔谓充曰："君可归矣。女有娠相，若生男，当以相还，无相疑。生女，当留自养。"敕外严车送客。充便辞出。崔送至中门，执手涕零。出门，见一犊车，驾青衣，又见本所着衣及弓箭，故在门外。寻传教将一人提襆衣与充，相问曰："姻缘始尔，别甚怅恨。今复致衣一袭，被褥自副。"充上车，去如电逝，须臾至家。家人相见悲喜，推问，知崔是亡人，而入其墓。追以懊惋。别后四年，三月三日，充临水戏，忽见水旁有二犊车，乍沉乍浮，既而近岸，同坐皆见，而充往开车后户，见崔氏女与三岁男共载。充见之，忻然欲捉其手，女举手指后车曰："府君见人。"即见少府。充往问讯，女抱儿还充，又与金鋺，并赠诗曰："煌煌灵芝质，光丽何猗猗！华艳当时显，嘉异表神奇。含英未及秀，中夏罹霜萎。荣耀长幽灭，世路永无施。不悟阴阳运，哲人忽来仪。会浅离别速，皆由灵与祇。何以赠余亲，金鋺可颐儿。恩爱从此别，断肠伤肝脾。"充取儿、鋺及诗，忽然不见二车处。充将儿还，四坐谓是鬼魅，金遥唾之。形如故。问儿："谁是汝父？"儿径就充怀。众初怪恶，传省其诗，慨然叹死生之玄通也。充后乘车入市，卖鋺，高举其价，不欲速售，冀有识。欻有一老婢识此，还白大家曰："市中见一人，乘车，卖崔氏女郎棺中鋺。"大家，即崔氏亲姨母也，遣儿视之，果如其婢言。上车，叙姓名，语充曰："昔我姨嫁少府，生女，未出而亡。家亲痛之，赠一金鋺，着棺中。可说得鋺本末。"充以事对。此儿亦为之悲咽。赍还白母，母即令诣充家，迎儿视之。诸亲悉集。儿有崔氏之状，又复似充貌。儿、鋺俱验。姨母曰："我外甥三月末间产。父曰：'春，暖温也。愿休强也。'即字温休。温休者，盖幽婚也，其兆先彰矣。"儿遂成令器。历郡守二千石，子孙冠盖相承。至今其后植，字子干，有名天下。

　　后汉时，汝南汝阳西门亭，有鬼魅，宾客止宿，辄有死亡。其厉厌者，皆亡发失精。询问其故，云："先时颇已有怪物。其后，郡侍奉掾宜禄郑奇来，去亭六七里，有一端正妇人乞寄载，奇初难之，然后上车，入亭，趋至楼下。亭卒白：'楼不可上。'奇云：'吾不恐也。'时亦昏冥，遂上楼，与妇人栖宿。未明，发去。亭卒上楼扫除，见一死妇，大惊，走白亭长。亭长击鼓，会诸庐吏，共集诊之。乃亭西北八里吴氏妇，新亡，夜临殡，火灭，及火至，失之。其家即持去。奇发，行数里，腹痛，到南顿利阳亭，加剧，物故。楼遂无敢复上。"

　　颍川钟繇，字元常，尝数月不朝会，意性异常。或问其故，云："常有好妇来，美丽非凡。"问者曰："必是鬼物，可杀之。"妇人后往，不即前，止户外。繇问："何以？"曰："公有相杀意。"繇曰："无此。"勤勤呼之，乃入。繇意恨，有不忍之，然犹斫之，伤髀。妇人即出，以新绵拭血，竟路。明日，使人寻迹之，至一大冢，木中有好妇人，形体如生人，着白练衫，丹绣裲裆，伤左髀，以裲裆中绵拭血。

卷十七

陈国张汉直到南阳从京兆尹延叔坚学《左氏传》。行后数月，鬼物持其妹，为之扬言曰："我病死，丧在陌上，常苦饥寒。操二三量'不借'，挂屋后楮上。傅子方送我五百钱，在北墉下，皆亡取之。又买李幼一头牛，本券在书箧中。"往索取之，悉如其言。妇尚不知有此，妹新从聟家来，非其所及。家人哀伤，益以为审。父母诸弟衰绖到来迎丧，去舍数里，遇汉直与诸生十余人相追。汉直顾见家人，怪其如此。家见汉直，谓其鬼也。怅惘良久。汉直乃前为父拜说其本末，且悲且喜。凡所闻见，若此非一。得知妖物之为。

汉，陈留外黄范丹，字史云，少为尉，从佐使檄谒督邮。丹有志节，自恚为厮役小吏，乃于陈留大泽中，杀所乘马，捐弃冠帻，诈逢劫者。有神下其家曰："我史云也。为劫人所杀。疾取我衣于陈留大泽中。"家取得一帻。丹遂之南郡，转入三辅，从英贤游学十三年，乃归。家人不复识焉。陈留人高其志行，及没，号曰贞节先生。

吴人费季，久客于楚，时道多劫，妻常忧之。季与同辈旅宿庐山下，各相问出家几时。季曰："吾去家已数年矣。临来，与妻别，就求金钗以行。欲观其志当与吾否耳。得钗，乃以着户楣上。临发，失与道，此钗故当在户上也。"尔夕，其妻梦季曰："吾行遇盗，死已二年。若不信吾言，吾行时，取汝钗，遂不以行，留在户楣上，可往取之。"妻觉，揣钗，得之家遂发丧。后一年余，季乃归还。

余姚虞定国，有好仪容，同县苏氏女，亦有美色，定国常见悦之。后见定国来，主人留宿，中夜，告苏公曰："贤女令色，意甚钦之。此夕能令暂出否？"主人以其乡里贵人，便令女出从之。往来渐数，语苏公云："无以相报。若有官事，某为君任之。"主人喜，自尔后有役召事，往造定国。定国大惊曰："都未尝面命。何由便尔？此必有异。"俱说之。定国曰："仆宁肯请人之父而淫人之女。若复见来，便当斫之。"后果得怪。

吴孙皓世，淮南内史朱诞，字永长，为建安太守。诞给使妻有鬼病，其夫疑之为奸。后出行，密穿壁隙窥之，正见妻在机中织，遥瞻桑树上，向之言笑。给使仰视树上，有一年少人，可十四五，衣青衿袖，青幧头。给使以为信人也，张弩射之，化为鸣蝉，其大如箕，翔然飞去。妻亦应声惊曰："噫！人射汝。"给使怪其故。后久时，给使见二小儿在陌上共语曰："何以不复见汝？"其一，即树上小儿也，答曰："前不幸为人所射，病疮积时。"彼儿曰："今何如？"曰："赖朱府君梁上膏以傅之，得愈。"给使白诞曰："人盗君膏药，颇知之否？"诞曰："吾膏久致梁上，人安得盗之？"给使曰："不然。府君视之。"诞殊不信，试为视之，封题如故。诞曰："小人故妄言，膏自如故。"给使曰："试开之。"则膏去半。为掊刮，见有趾迹。诞因大惊，乃详问之。俱道本末。

吴时，嘉兴倪彦思居县西埏里，忽见鬼魅入其家，与人语，饮食如人，唯不见形。彦思奴婢有窃骂大家者，云："今当以语。"彦思治之，无敢詈之者。彦思有小妻，魅从求之，彦思乃迎道士逐之。酒殽既设，魅乃取厕中草粪，布着其上。道士便盛击鼓，召请诸神。魅乃取伏虎，于神座上吹作角声音。有顷。道士忽觉背上冷，惊起解衣，乃伏虎也。于是道士罢去。彦思夜于被中窃与妪语，共患此魅。魅即屋梁上谓彦思曰："汝与妇道吾，吾今当截汝屋梁。"即隆隆有声。彦思惧梁断，取火照视，魅即灭火。截梁声愈急。彦思惧屋坏，大小悉遣出，更取火，视梁如故。魅大笑，问彦思："复道吾否？"郡中典农闻之曰："此神正当是狸物耳。"魅即往谓典农曰："汝取官若干百斛谷，藏着某处，为吏污秽，而敢论吾！今当白于官，将人取汝所盗谷。"典农大怖而谢之。自后无敢道者。三年后去，不知所在。

魏，黄初中，顿邱界，有人骑马夜行，见道中有一物，大如兔，两眼如镜，跳跃马前，令不得前。人遂惊惧，堕马。魅便就地捉之。惊怖，暴死。良久得苏。苏，已失魅，不知所在。乃更上马前行。数里，逢一人，相问讯已，因说："向者事变如此，今相得为伴，甚欢。"人曰："我独行，得君为伴，快不可言。君马行疾，且前，我在后相随也。"遂共行。语曰："向者物何如，乃令君怖惧耶？"对曰："其身如兔，两眼如镜，形甚可恶。"

伴曰："试顾视我耶。"人顾视之，犹复是也。魅便跳上马。人遂坠地，怖死。家人怪马独归，即行推索，乃于道边得之。宿昔乃苏，说状如是。

　　袁绍，字本初，在冀州，有神出河东，号度朔君，百姓共为立庙。庙有主簿，大福。陈留蔡庸为清河太守，过谒庙，有子，名道，亡已三十年。度朔君为庸设酒，曰："贵子昔来，欲相见。"须臾子来。度朔君自云："父祖昔做兖州。"有一士，姓苏，母病，往祷。主簿云："君逢天士留待。"闻西北有鼓声，而君至。须臾，一客来，着皂角单衣，头上五色毛，长数寸。去后，复一人，着白布单衣，高冠，冠似鱼头，谓君曰："昔临庐山，共食白李，忆之未久，已三千岁。日月易得，使人怅然。"去后，君谓士曰："先来，南海君也。"士是书生，君明通五经，善《礼记》，与士论礼，士不如也。士乞救母病。君曰："卿所居东，有故桥，人坏之，此桥所行，卿母犯之。能复桥，便差。"曹公讨袁谭，使人从庙换千疋绢，君不与。曹公遣张郃毁庙。未至百里，君遣兵数万，方道而来。郃未达二里，云雾绕郃军，不知庙处。君语主簿："曹公气盛，宜避之。"后苏并邻家有神下，识君声，云："昔移入胡，阔绝三年。"乃遣人与曹公相闻："欲修故庙，地衰，不中居，欲寄住。"公曰："甚善。"治城北楼以居之。数日，曹公猎得物，大如麂，大足，色白如雪，毛软滑可爱。公以摩面，莫能名也。夜闻楼上哭云："小儿出行不还。"公拊掌曰："此子言真衰也。"晨将数百犬，绕楼下，犬得气，冲突内外。见有物，大如驴，自投楼下。犬杀之。庙神乃绝。

　　临川陈臣家大富，永初元年，臣在斋中坐，其宅内有一町筋竹，白日忽见一人，长丈余，面如"方相"，从竹中出，径语陈臣："我在家多年，汝不知；今辞汝去，当令汝知之。"去一月许日，家大失火，奴婢顿死。一年中，便大贫。

　　东莱有一家姓陈，家百余口，朝炊，釜不沸。举甑看之，忽有一白头公从釜中出。便诣师卜。卜云："此大怪，应灭门。便归，大作械。械成，使置门壁下，坚闭门在内。有马骑麈盖来叩门者，慎勿应。"乃归，合手伐得百余械，置门屋下。果有人至，呼，不应。主帅大怒，令缘门入，从人窥门内，见大小械百余，出门还说如此。帅大惶悚，语左右云："教速来，不速来，遂无一人当去，何以解罪也？从此北行可八十里，有一百三口,取以当之。"后十日,此家死亡都尽。此家亦姓陈云。

晋惠帝永康元年,京师得异鸟,莫能名。赵王伦使人持出,周旋城邑,匪以问人。即日,宫西有一小儿见之,遂自言曰:"服留鸟。"持者还白伦。伦使更求,又见之。乃将入宫。密笼鸟,并闭小儿于户中。明日往视,悉不复见。

南康郡南东望山,有三人入山,见山顶有果树,众果毕植,行列整齐如人行,甘子正熟。三人共食,致饱,乃怀二枚,欲出示人。闻空中语云:"催放双甘,乃听汝去。"

秦瞻,居曲阿彭皇野,忽有物如蛇,突入其脑中。蛇来,先闻臭气,便于鼻中入,盘其头中,觉哄哄。仅闻其脑间食声喱喱。数日而出去,寻复来。取手巾缚鼻口,亦被入。积年无他病,唯患头重。

卷十八

魏，景初中，咸阳县吏王臣家有怪。每夜无故闻拍手相呼。伺，无所见。其母夜作，倦，就枕寝息。有顷，复闻灶下有呼声曰："文约何以不来？"头下枕应曰："我见枕，不能往。汝可来就我饮。"至明，乃饣丽也。即聚烧之。其怪遂绝。

魏郡张奋者，家本巨富，忽衰老，财散，遂卖宅与程应。应入居，举家病疾，转卖邻人阿文。文先独持大刀，暮入北堂中梁上，至三更竟，忽有一人长丈余，高冠，黄衣，升堂呼曰："细腰！"细腰应诺。曰："舍中何以有生人气也？"答曰："无之。"便去。须臾，有一高冠青衣者。次之，又有高冠白衣者。问答并如前。及将曙，文乃下堂中，如向法呼之，问曰："黄衣者为谁？"曰："金也。在堂西壁下。"问曰："青衣者为谁？"答曰："钱也。在堂前井边五步。"问曰："白衣者为谁？"答曰："银也。在墙东北角柱下。"问曰："汝复为谁？"答曰："我，杵也。今在灶下。"及晓，文按次掘之，得金银五百斤，钱千万贯。仍取杵焚之。由此大富，宅遂清宁。

秦时，武都故道，有怒特祠，祠上生梓树。秦文公二十七年，使人伐之，辄有大风雨，树创随合，经日不断。文公乃益发卒，持斧者至四十人，犹不断。士疲，还息。其一人伤足，不能行，卧树下，闻鬼语树神曰："劳乎攻战？"其一人曰："何足为劳。"又曰："秦公将必不休，如之何？"答曰："秦公其如予何？"又曰："秦若使三百人，被发，以朱丝绕树，赭衣，灰坌伐汝，汝得不困耶？"神寂无言。明日，病人语所闻。公于是令人皆衣赭，随斫创，坌以灰，树断。中有一青牛出，走入丰水中。其后，青牛出丰水中，使骑击之，不胜。有骑堕地，复上，髻解，被发，牛畏之，乃入水，不敢出。故秦自是置"旄头骑"。

庐江龙舒县陆亭流水边，有一大树，高数十丈，常有黄鸟数千枚巢其上，时久旱，长老共相谓曰："彼树常有黄气，或有神灵，可以祈雨。"

因以酒脯往。亭中有寡妇李宪者,夜起,室中忽见一妇人,着绣衣,自称曰:"我,树神黄祖也,能兴云雨。以汝性洁,佐汝为生。朝来父老皆欲祈雨,吾已求之于帝,明日日中,大雨。"至期,果雨。遂为立祠。神谓宪曰:"诸卿在此,吾居近水,当致少鲤鱼。"言讫,有鲤鱼数十头,飞集堂下,坐者莫不惊悚。如此岁余,神曰:"将有大兵,今辞汝去。"留一玉环曰:"持此可以避难。"后刘表、袁术相攻,龙舒之民皆徙去,唯宪里不被兵。

魏,桂阳太守江夏张辽,字叔高,去鄢陵,家居买田。田中有大树,十余围,枝叶扶疏,盖地数亩,不生谷。遣客伐之。斧数下,有赤汁六七斗出,客惊怖,归白叔高。叔高大怒曰:"树老汁赤,如何得怪!"因自严行复斫之,血大流洒。叔高使先斫其枝,上有一空处,见白头公,可长四五尺,突出,往赴叔高。高以刀逆格之,如此,凡杀四五头,并死。左右皆惊怖伏地。叔高神虑怡然如旧。徐熟视,非人,非兽。遂伐其木。此所谓木石之怪夔魍魉者乎?是岁应司空辟侍御史、兖州刺史。以二千石之尊,过乡里,荐祝祖考,白日绣衣荣羡,竟无他怪。

吴先主时,陆敬叔为建安太守,使人伐大樟树,下数斧,忽有血出。树断,有物,人面狗身,从树中出。敬叔曰:"此名'彭侯'。"乃烹食之,其味如狗。《白泽图》曰:"木之精名'彭侯',状如黑狗,无尾,可烹食之。"

吴时,有梓树,巨围,叶广丈余,垂柯数亩。吴王伐树作船,使童男女三十人牵挽之。船自飞下水,男女皆溺死。至今潭中时有唱唤督进之音也。

董仲舒下帷讲诵,有客来诣,舒知其非常。客又云:"欲雨。"舒戏之曰:"巢居知风,穴居知雨。卿非狐狸,则是鼹鼠。"客遂化为老狸。

张华,字茂先,晋惠帝时为司空。于时燕昭王墓前,有一斑狐,积年,能为变幻,乃变做一书生,欲诣张公。过问墓前华表曰:"以我才貌,可得见张司空否?"华表曰:"子之妙解,无为不可。但张公智度,恐难笼络。出必遇辱,殆不得返。非但丧子千岁之质,亦当深误老表。"狐不从,乃持刺谒华。华见其总角风流,洁白如玉,举动容止,顾盼生姿,雅重之。于是论及文章,辨校声实,华未尝闻。比复商略三史,探赜百家,谈老、庄之奥区,披《风》《雅》之绝旨,包十圣,贯三才,箴八儒,摘五礼,华无不应声屈滞。乃叹曰:"天下岂有此少年!若非鬼魅则是狐狸。"乃扫榻延留，留人防护。此生乃曰："明公当尊贤容众，嘉善而矜不能，奈何憎人学问？墨子兼爱，其若是耶？"言卒，便求退。华已使人防门，不得出。既而又谓华曰："公门置甲兵栏骑，当是致疑于仆也。将恐天下之人卷舌而不言，智谋之士望门而不进。深为明公惜之。"华不应，而使人防御甚严。时丰城令雷焕，字孔章，博物士也，来访华。华以书生白之。孔章曰："若疑之，何不呼猎犬试之？"乃命犬以试，竟无惮色。狐曰："我天生才智，反以为妖，以犬试我，遮莫千试万虑，其能为患乎？"华闻，益怒曰："此必真妖也。闻魑魅忌狗，所别者数百年物耳，千年老精，不能复别；唯得千年枯木照之，则形立现。"孔章曰："千年神木，何由可得？"华曰："世传燕昭王墓前华表木已经千年。"乃遣人伐华表，使人欲至木所，忽空中有一青衣小儿来，问使曰："君何来也？"使曰："张司空有一少年来谒，多才巧辞，疑是妖魅，使我取华表照之。"青衣曰："老狐不智，不听我言，今日祸已及我，其可逃乎！"乃发声而泣，倏然不见。使乃伐其木，血流；便将木归，燃之以照书生，乃一斑狐。华曰："此二物不值我，千年不可复得。"乃烹之。

晋时，吴兴一人有二男，田中作时，尝见父来骂詈赶打之。童以告母，母问其父。父大惊，知是鬼魅，便令儿斫之。鬼便寂不复往。父忧，恐儿为鬼所困，便自往看。儿谓是鬼，便杀而埋之。鬼便遂归，作其父形，且语其家，二儿已杀妖矣。儿暮归，共相庆贸，积年不觉。后有一法师过其家，语二儿云："君尊侯有大邪气。"儿以白父，父大怒。儿出以语师，令速去。师遂作声入，父即成大老狸，入床下，遂擒杀之。向所杀者，乃真父也。改殡治服。一儿遂自杀，一儿忿懊，亦死。

句容县麋村民黄审，于田中耕，有一妇人过其田，自塍上度，从东适下而复还。审初谓是人。日日如此，意甚怪之。审因问曰："妇数从何来也？"妇人少住，但笑而不言，便去。审愈疑之。预以长镰伺其还，未敢斫妇，但斫所随婢。妇化为狸走去。视婢。乃狸尾耳。审追之，不及。后人有见此狸出坑头，掘之，无复尾焉。

博陵刘伯祖为河东太守，所止承尘上有神，能语，常呼伯祖与语，及京师诏书谙下消息，辄预告伯祖。伯祖问其所食啖。欲得羊肝。乃买羊肝，于前切之，脔随刀不见。尽两羊肝，忽有一老狸，眇眇在案前，持刀者欲举刀斫之，伯祖呵止，自着承尘上。须臾大笑曰："向者啖羊肝，醉忽失形，与府君相见，大惭愧。"后伯祖当为司隶，神复先语伯祖曰："某月某日，诏书当到。"至期，如言。及入司隶府，神随遂在承尘上，辄言省内事。伯祖大恐怖，谓神曰："今职在刺举，若左右贵人闻神在此，因以相害。"神答曰："诚如府君所虑。当相舍去。"遂即无声。

后汉建安中，沛国郡陈羡为西海都尉，其部曲王灵孝无故逃去。羡欲杀之。居无何，孝复逃走。羡久不见，囚其妇，妇以实对。羡曰："是必魅将去，当求之。"因将步骑数十，领猎犬，周旋于城外求索。果见孝于空冢中。闻人犬声，怪遂避去。羡使人扶孝以归，其形颇象狐矣。略不复与人相应，但啼呼"阿紫"。阿紫，狐字也。后十余日，乃稍稍了悟。云："狐始来时，于屋曲角鸡栖间，作好妇形，自称阿紫，招我。如此非一。忽然便随去，即为妻，暮辄与共还其家。遇狗不觉。"云乐无比也。道士云："此山魅也。"《名山记》曰："狐者，先古之淫妇也，其名曰阿紫，化而为狐。"故其怪多自称阿紫。

南阳西郊有一亭，人不可止，止则有祸，邑人宋大贤以正道自处，尝宿亭楼，夜坐鼓琴，不设兵仗，至夜半时，忽有鬼来登梯，与大贤语，眝目磋齿，形貌可恶。大贤鼓琴如故。鬼乃去，于市中取死人头来，还语大贤曰："宁可少睡耶？"因以死人头投大贤前。大贤曰："甚佳！我暮卧无枕，正欲得此。"鬼复去，良久乃还，曰："宁可共手搏耶？"大贤曰："善！"语未竟，鬼在前，大贤便逆捉其腰。鬼但急言死，大贤遂杀之。明日视之，乃老狐也。自是亭舍更无妖怪。

北部督邮西平郅伯夷，年三十许，大有才决，长沙太守郅君章孙也，日晡时，到亭，敕前导入且止。录事掾曰："今尚早，可至前亭。"曰："欲作文书。"便留，吏卒惶怖，言当解去。传云："督邮欲于楼上观望，亟扫除。"须臾，便上。未暝，楼磴阶下，复有火。敕云："我思道，不可见火，灭去。"吏知必有变，当用赴照，但藏置壶中。日既暝，整服坐，诵《六甲》《孝经》《易》本讫，卧。有顷，更转东首，以帢巾结两足，帻冠之，密拔剑解带。夜时，有正黑者四五尺，稍高，走至柱屋，因覆伯夷。伯夷持被掩之，足跣脱，几失，再三，以剑带击魅脚，呼下火照上。视之，老狐，正赤，略无衣毛。持下烧杀。明旦，发楼屋，得所髡人髻百余。因此遂绝。

吴中有一书生，皓首，称胡博士，教授诸生。忽复不见。九月初九日，士人相与登山游观，闻讲书声，命仆寻之。见空冢中群狐罗列，见人即走，老狐独不去，乃是皓首书生。

陈郡谢鲲，谢病去职，避地于豫章，尝行经空亭中，夜宿。此亭，旧每杀人。夜四更，有一黄衣人呼鲲字云："幼舆！可开户。"鲲澹然无惧色，令申臂于窗中。于是授腕。鲲即极力而牵之。其臂遂脱。乃还去。明日看，乃鹿臂也。寻血取获。尔后此亭无复妖怪。

晋有一士人姓王，家在吴郡。还至曲阿，日暮，引船上，当大埭，见埭上有一女子，年十七八，便呼之，留宿。至晓，解金铃系其臂，使人随至家，都无女人。因逼猪栏中，见母猪臂有金铃。

汉，齐人梁文，好道，其家有神祠，建室三四间，座上施皂帐，常在其中，积十数年。后因祀事，帐中忽有人语，自呼"高山君"，大能饮食，治病有验。文奉事甚肃。积数年，得进其帐中，神醉，文乃乞得奉见颜色。谓文曰："授手来！"文纳手，得持其颐，髯须甚长。文渐绕手，卒然引之，而闻作羊声。座中惊起，助文引之，乃袁公路家羊也，失之七八年，不知所在。杀之，乃绝。

北平田琰，居母丧，恒处庐。向一暮，夜，忽入妇室，妇怪之曰："君在毁灭之地，幸可不甘。"琰不听而合。后琰暂入，不与妇语。妇怪无言，并以前事责之。琰知鬼魅。临暮，竟未眠，衰服挂庐。须臾，见一白狗，攫衔衰服，因变为人，着而入。琰随后逐之，见犬将升妇床，便打杀之。妇羞愧而死。

司空南阳来季德，停丧在殡，忽然见形坐祭床上，颜色服饰声气，熟是也。孙儿妇女，以次教戒，事有条贯。鞭朴奴婢，皆得其过。饮食既绝，辞诀而去。家人大小，哀割断绝。如是数年，家益厌苦。其后饮酒过多，醉而形露，但得老狗，便共打杀。因推问之，则里中沽酒家狗也。

山阳王瑚，字孟琏，为东海兰陵尉。夜半时，辄有黑帻白衣吏，诣县，叩阁。迎之，则忽然不见。如是数年。后伺之，见一老狗，黑头白躯犹故，至阁，便为人。以白孟琏，杀之，乃绝。

桂阳太守李叔坚，为从事，家有犬，人行。家人言："当杀之。"叔坚曰："犬马喻君子。犬见人行，效之，何伤！"顷之，狗戴叔坚冠走。家大惊，叔坚云："误触冠缨挂之耳。"狗又于灶前畜火，家益怔营。叔坚复云："儿婢皆在田中，狗助畜火，幸可不烦邻里。此有何恶？"数日，狗自暴死。卒无纤芥之异。

吴郡无锡有上湖大陂，陂吏丁初，天每大雨，辄循堤防。春盛雨，初出行塘，日暮回，顾有一妇人，上下青衣，戴青伞，追后呼："初掾待我。"初时怅然，意欲留俟之。复疑本不见此，今忽有妇人，冒阴雨行，恐必鬼物。初便疾走。顾视妇人，追之亦急。初因急行，走之转远；顾视妇人，乃自投陂中，泛然作声，衣盖飞散。视之，是大苍獭，衣伞皆荷叶也。此獭化为人形，数媚年少者也。

魏齐王芳正始中，中山王周南，为襄邑长。忽有鼠从穴出，在厅事上语曰："王周南！尔以某月某日当死。"周南急往，不应。鼠还穴。后至期，复出，更冠帻皂衣而语曰："周南！尔日中当死。"亦不应。鼠复入穴。须臾，复出，出，复入，转行，数语如前。日适中，鼠复曰："周南！尔不应死，我复何道！"言讫，颠蹶而死。即失衣冠所在。就视之，与常鼠无异。

安阳城南有一亭，夜不可宿，宿辄杀人。书生明术数，乃过宿之，亭民曰："此不可宿。前后宿此，未有活者。"书生曰："无苦也。吾自能谐。"遂住廨舍。乃端坐，诵书。良久乃休。夜半后，有一人，着皂单衣，来往户外，呼亭主。亭主应诺。"见亭中有人耶？"答曰："向者有一书生在此读书。适休，似未寝。"乃喑嗟而去。须臾，复有一人，冠赤帻者，呼亭主。问答如前。复喑嗟而去。既去，寂然。书生知无来者，即起，诣向者呼处，效呼亭主。亭主亦应诺。复云："亭中有人耶？"亭主答如前。乃问曰："向黑衣来者谁？"曰："北舍母猪也。"又曰："冠赤帻来者谁？"曰："西舍老雄鸡父也。"曰："汝复谁耶？"曰："我是老蝎也。"于是书生便诵书，至明不敢寐。天明，亭民来视，惊曰："君何得独活？"书生曰："促索剑来，吾与卿取魅。"乃握剑至昨夜应处，果得老蝎，大如琵琶，毒长数尺。西舍，得老雄鸡父；北舍，得老母猪。凡杀三物，亭毒遂静，永无灾横。

吴时，庐陵郡都亭重屋中，常有鬼魅，宿者辄死。自后使官，莫敢入亭止宿。时丹阳人汤应者，大有胆武，使至庐陵，便止亭宿。吏启不可，应不听。迸从者还外，唯持一大刀，独处亭中。至三更竟，忽闻有叩阁者。

应遥问：“是谁？”答云：“部郡相闻。”应使进。致词而去。顷间，复有叩阁者如前，曰：“府君相闻。”应复使进。身着皂衣。去后，应谓是人，了无疑也。旋又有叩阁者，云：“部郡、府君相诣。”应乃疑曰：“此夜非时，又部郡、府君不应同行。”知是鬼魅。因持刀迎之。见二人皆盛衣服，俱进，坐毕，府君者便与应谈。谈未竟，而部郡忽起至应背后，应乃回顾，以刀逆击，中之。府君下坐走出，应急追至亭后墙下，及之，斫伤数下，应乃还卧。达曙，将人往寻，见有血迹，皆得之。云称府君者，是一老豨也；部郡者，是一老狸也。自是遂绝。

卷十九

东越闽中,有庸岭,高数十里,其西北隙中,有大蛇,长七八丈,大十余围,土俗常惧。东冶都尉及属城长吏,多有死者。祭以牛羊,故不得福。或与人梦,或下谕巫祝,欲得啖童女年十二三者。都尉令长并共患之,然气厉不息,共请求人家生婢子,兼有罪家女养之。至八月朝祭,送蛇穴口,蛇出吞啮之。累年如此,已用九女。尔时预复募索,未得其女。将乐县李诞家有六女。无男,其小女名寄,应募欲行。父母不听。寄曰:"父母无相留,唯生六女,无有一男。女无缇萦济父母之功,既不能供养,徒费衣食,生无所益,不如早死。卖寄之身,可得少钱,以供父母,岂不善耶!"父母慈怜,终不听去。寄自潜行,不可禁止。寄乃告请好剑及咋蛇犬,至八月朝,便诣庙中坐,怀剑,将犬,先将数石米糍,用蜜麨灌之,以置穴口,蛇便出。头大如囷,目如二尺镜,闻糍香气,先啖食之。寄便放犬,犬就啮咋,寄从后斫得数创,疮痛急,蛇因踊出,至庭而死。寄入视穴,得其九女髑髅,悉举出,咤言曰:"汝曹怯弱,为蛇所食,甚可哀愍。"于是寄女缓步而归。越王闻之,聘寄女为后,指其父为将乐令,母及姊皆有赏赐。自是东冶无复妖邪之物。其歌谣至今存焉。

晋武帝咸宁中,魏舒为司徒,府中有二大蛇,长十许丈,居厅事平橑上。止之数年,而人不知,但怪府中数失小儿,及鸡犬之属。后有一蛇夜出,经柱侧伤于刃,病不能登,于是觉之。发徒数百,攻击移时,然后杀之。视所居,骨骼盈宇之间。于是毁府舍更立之。

汉武帝时张宽为扬州刺史。先是,有二老翁争山地,诣州,讼疆界,连年不决,宽视事,复来。宽窥二翁,形状非人,令卒持杖戟将入,问:"汝等何精?"翁走。宽呵格之,化为二蛇。

荥阳人张福船行,还野水边,夜有一女子,容色甚美,自乘小船来投福,云:"日暮,畏虎,不敢夜行。"福曰:"汝何姓?作此轻行。无笠,雨驶,可入船就避雨。"因共相调，遂入就福船寝。以所乘小舟，系福船边。三更许，雨晴，月照，福视妇人，乃是一大鼍枕臂而卧。福惊起，欲执之，遽走入水。向小舟，是一枯槎段，长丈余。

丹阳道士谢非往石城买冶釜，还，日暮，不及至家。山中庙舍于溪水上，入中宿，大声语曰："吾是天帝使者，停此宿。"犹畏人劫夺其釜，意苦搔搔不安。二更中，有来至庙门者，呼曰："何铜。"铜应喏。曰："庙中有人气，是谁？"铜云："有人。言是天帝使者。"少顷便还。须臾又有来者，呼铜，问之如前。铜答如故。复叹息而去。非惊扰不得眠，遂起，呼铜问之："先来者谁？"答言："是水边穴中白鼍。""汝是何等物？"答言："是庙北岩嵌中龟也。"非皆阴识之。天明，便告居人言："此庙中无神，但是龟鼍之辈，徒费酒食祀之。急具锸来，共往伐之。"诸人亦颇疑，于是并会伐掘，皆杀之。遂坏庙，绝祀。自后安静。

孔子厄于陈，弦歌于馆。中夜，有一人长九尺余，着皂衣，高冠，大咤，声动左右。子贡进问："何人耶？"便提子贡而挟之。子路引出与战于庭，有顷，未胜。孔子察之，见其甲车间时时开如掌，孔子曰："何不探其甲车，引而奋登？"子路引之，没手仆于地。乃是大鳀鱼也，长九尺余。孔子曰："此物也，何为来哉？吾闻物老，则群精依之。因衰而至。此其来也，岂以吾遇厄绝粮，从者病乎！夫六畜之物，及龟、蛇、鱼、鳖、草、木之属，久者神皆凭依，能为妖怪，故谓之'五酉'。'五酉'者，五行之方，皆有其物。酉者，老也，物老则为怪，杀之则已，夫何患焉？或者天之未丧斯文，以是系予之命乎！不然，何为至于斯也？"弦歌不辍。子路烹之，其味滋。病者兴。明日，遂行。

豫章有一家，婢在灶下，忽有人长数寸，来灶间壁，婢误以履践之，杀一人。须臾，遂有数百人，着衰麻服，持棺迎丧，凶仪皆备，出东门，入园中覆船下。就视之，皆是鼠妇。婢作汤灌杀，遂绝。

狄希，中山人也，能造千日酒，饮之千日醉。时有州人，姓刘，名玄石，好饮酒，往求之。希曰："我酒发来未定，不敢饮君。"石曰："纵未熟，且与一杯，得否？"希闻此语，不免饮之。复索，曰："美哉！可更与之。"希曰："且归。别日当来。只此一杯，可眠千日也。"石别，似有怍色。至家，醉死。家人不之疑，哭而葬之。经三年，希曰："玄石必应酒醒，宜往问之。"

既往石家,语曰:"石在家否?"家人皆怪之,曰:"玄石亡来,服以阕矣。"希惊曰:"酒之美矣,而致醉眠千日,今合醒矣。"乃命其家人凿冢,破棺,看之。冢上汗气彻天。遂命发冢,方见开目,张口,引声而言曰:"快哉,者醉我也!"因问希曰:"尔作何物也,令我一杯大醉,今日方醒?日高几许?"墓上人皆笑之。被石酒气冲入鼻中,亦各醉卧三月。

陈仲举微时,常宿黄申家。申妇方产,有叩申门者,家人咸不知,久久方闻屋里有人言:"宾堂下有人,不可进。"叩门者相告曰:"今当从后门往。"其人便往。有顷,还,留者问之:"是何等?名为何?当与几岁?"往者曰:"男也,名为奴,当与十五岁。""后应以何死?"答曰:"应以兵死。"仲举告其家曰:"吾能相,此儿当以兵死。"父母惊之,寸刃不使得执也。至年十五,有置凿于梁上者,其末出,奴以为木也,自下钩之,凿从梁落,陷脑而死。后仲举为豫章太守,故遣吏往饷之申家,并问奴所在,其家以此具告。仲举闻之,叹曰:"此谓命也。"

卷二十

晋魏郡亢阳，农夫祷于龙洞，得雨，将祭谢之。孙登见曰："此病龙，雨，安能苏禾稼乎？如弗信，请嗅之。"水果腥秽。龙时背生大疽，闻登言，变为一翁，求治，曰："疾瘥，当有报。"不数日，果大雨。见大石中裂开一井，其水湛然，龙盖穿此井以报也。

苏易者，庐陵妇人，善看产。夜忽为虎所取，行六七里，至大圹。厝易置地，蹲而守，见有牝虎当产，不得解，匍匐欲死，辄仰视。易怪之，乃为探出之，有三子。生毕，牝虎负易还，再三送野肉于门内。

哙参，养母至孝。曾有玄鹤，为弋人所射，穷而归参。参收养，疗治其疮，愈而放之。后鹤夜到门外，参执烛视之，见鹤雌雄双至，各衔明珠以报参焉。

汉时，弘农杨宝，年九岁时，至华阴山北，见一黄雀，为鸱枭所搏，坠于树下，为蝼蚁所困。宝见，愍之，取归置巾箱中，食以黄花。百余日，毛羽成，朝去，暮还。一夕三更，宝读书未卧，有黄衣童子，向宝再拜曰："我西王母使者，使蓬莱，不慎为鸱枭所搏。君仁爱，见拯，实感盛德。"乃以白环四枚与宝曰："令君子孙洁白，位登三事，当如此环。"

隋县溠水侧，有断蛇邱。隋侯出行，见大蛇被伤，中断，疑其灵异，使人以药封之，蛇乃能走，因号其处断蛇邱。岁余，蛇衔明珠以报之。珠盈径寸，纯白，而夜有光，明如月之照，可以烛室。故谓之"隋侯珠"，亦曰"灵蛇珠"，又曰"明月珠"。邱南有隋季良大夫池。

孔愉，字敬康，会稽山阴人。元帝时以讨华轶功，封侯。愉少时尝经行余不亭，见笼龟于路者，愉买之，放于饮不溪中。龟中流左顾者数过。及后，以功封余不亭侯。铸印，而龟钮左顾，三铸如初。印工以闻，愉乃悟其为龟之报，遂取佩焉。累迁尚书左仆射，赠车骑将军。

古巢，一日江水暴涨，寻复故道。港有巨鱼，重万斤，三日乃死，合郡皆食之，一老姥独不食。忽有老叟曰："此吾子也。不幸罹此祸，汝独不食，吾厚报汝。若东门石龟目赤，城当陷。"姥日往视。有稚子讶之，姥以实告。稚子欺之，以朱傅龟目。姥见，急出城。有青衣童子曰："吾龙之子。"乃引姥登山，而城陷为湖。

吴富阳县董昭之，尝乘船过钱塘江，中央，见有一蚁，着一短芦，走一头，回复向一头，甚惶遽。昭之曰："此畏死也。"欲取着船。船中人骂："此是毒螫物，不可长，我当蹋杀之，"昭意甚怜此蚁，因以绳系芦，着船，船至岸，蚁得出。其夜梦一人，乌衣，从百许人来，谢云："仆是蚁中之王。不慎堕江，惭君济活。若有急难，当见告语。"历十余年，时所在劫盗，昭之被横录为劫主，系狱余杭。昭之忽思蚁王梦，缓急当告，今何处告之？结念之际，同被禁者问之。昭之具以实告。其人曰："但取两三蚁，着掌中，语之。"昭之如其言。夜，果梦乌衣人云："可急投余杭山中，天下既乱，赦令不久也。"于是便觉。蚁啮械已尽，因得出狱。过江，投余杭山。旋遇赦，得免。

孙权时李信纯，襄阳纪南人也。家养一狗，字曰黑龙，爱之尤甚，行坐相随，饮馔之间，皆分与食。忽一日，于城外饮酒，大醉。归家不及，卧于草中。遇太守郑瑕出猎，见田草深，遣人纵火爇之。信纯卧处，恰当顺风，犬见火来，乃以口拽纯衣，纯亦不动。卧处比有一溪，相去三五十步，犬即奔往入水，湿身走来卧处，周回以身洒之，获免主人大难。犬运水困乏，致毙于侧。俄尔信纯醒来，见犬已死，遍身毛湿，甚讶其事。睹火踪迹，因尔恸哭。闻于太守。太守悯之曰："犬之报恩，甚于人，人不知恩，岂如犬乎！"即命具棺椁衣衾葬之，今纪南有义犬冢，高十余丈。

太兴中，吴民华隆，养一快犬，号的尾，常将自随。隆后至江边伐荻，为大蛇盘绕，犬奋咋蛇，蛇死。隆僵仆无知，犬彷徨涕泣，走还舟，复反草中。徒伴怪之，随往，见隆闷绝，将归家。犬为不食。比隆复苏，始食。隆愈爱惜，同于亲戚。

庐陵太守太原庞企，字子及。自言其远祖，不知几何世也，坐事系狱，而非其罪，不堪拷掠，自诬服之。及狱将上，有蝼蛄虫行其左右，乃谓之曰："使尔有神，能活我死，不当善乎。"因投饭与之。蝼蛄食饭尽，去，顷复来，形体稍大。意每异之，乃复与食。如此去来，至数十日间，其大如豚。及竟报，当行刑，蝼蛄夜掘壁根为大孔，乃破械，从之出。去久，时遇赦，得活。于是庞氏世世常以四节祠祀之于都衢处。后世稍怠，不能复特为馔，乃投祭祀之余以祀之，至今犹然。

临川东兴有人入山，得猿子，便将归，猿母自后逐至家。此人缚猿子于庭中树上以示之。其母便搏颊向人，欲乞哀状，直谓口不能言耳。此人既不能放，竟击杀之。猿母悲唤，自掷而死。此人破肠视之，寸寸断裂。未半年，其家疫死，灭门。

冯乘虞荡夜猎，见一大麈，射之。麈便云："虞荡！汝射杀我耶！"明晨，得一麈而入，实时荡死。

吴郡海盐县北乡亭里，有士人陈甲，本下邳人。晋元帝时寓居华亭，猎于东野大薮。欻见大蛇，长六七丈，形如百斛船，玄黄五色，卧冈下。陈即射杀之，不敢说。三年，与乡人共猎，至故见蛇处，语同行曰："昔在此杀大蛇。"其夜梦见一人，乌衣，黑帻，来至其家，问曰："我昔昏醉，汝无状杀我。我昔醉，不识汝面，故三年不相知；今日来就死。"其人即惊觉。明日，腹痛而卒。

邛都县下有一老姥，家贫，孤独，每食，辄有小蛇，头上戴角，在床间，姥怜而饴之食。后稍长大，遂长丈余。令有骏马，蛇遂吸杀之，令因大愤恨，责姥出蛇。姥云："在床下。"令即掘地，愈深愈大，而无所见。令又迁怒，杀姥。蛇乃感人以灵言，瞋令"何杀我母？当为母报仇。"此后每夜辄闻若雷若风，四十许日，百姓相见，咸惊语："汝头那忽戴鱼？"是夜，方四十里，与城一时俱陷为湖，土人谓之为"陷湖"，唯姥宅无恙，迄今犹存。渔人采捕，必依止宿，每有风浪，辄居宅侧，恬静无他。风静水清，犹见城郭楼橹惄然。今水浅时，彼土人没水，取得旧木，坚贞光黑如漆。今好事人以为枕，相赠。

建业有妇人背生一瘤，大如数斗囊，中有物，如茧栗，甚众，行即有声。恒乞于市。自言："村妇也，常与姊姒辈分养蚕，己独频年损耗，因窃其姒一囊茧焚之。顷之，背患此疮，渐成此瘤。以衣覆之，即气闭闷；常露之，乃可，而重如负囊。"

搜神后记

【东晋】陶潜　著

目录

卷一 …………………………………………………… 107
卷二 …………………………………………………… 110
卷三 …………………………………………………… 113
卷四 …………………………………………………… 116
卷五 …………………………………………………… 119
卷六 …………………………………………………… 121
卷七 …………………………………………………… 125
卷八 …………………………………………………… 127
卷九 …………………………………………………… 129
卷十 …………………………………………………… 132
搜神后记佚文 ………………………………………… 134

卷一

1. 丁令威，本辽东人，学道于灵虚山。后化鹤归辽，集城门华表柱。时有少年，举弓欲射之。鹤乃飞，徘徊空中而言曰："有鸟有鸟丁令威，去家千年今始归。城郭如故人民非，何不学仙冢垒垒。"遂高上冲天。今辽东诸丁云，其先世有升仙者，但不知名字耳。

2. 嵩高山北有大穴，莫测其深。百姓岁时游观。晋初，尝有一人误堕穴中。同辈冀其傥不死，投食于穴中。坠者得之，为寻穴而行。计可十余日，忽然见明。又有草屋，中有二人对坐围棋。局下有一杯白饮。坠者告以饥渴，棋者曰："可饮此。"遂饮之，气力十倍。棋者曰："汝欲停此否？"坠者不愿停。棋者曰："从此西行，有天井，其中多蛟龙。但投身入井自当出。若饿，取井中物食。"坠者如言，半年许，乃出蜀中。归洛下，问张华，华曰："此仙馆大夫。所饮者玉浆也，所食者，龙穴石髓也。"

3. 会稽剡县民袁相、根硕二人猎，经深山重岭甚多，见一群山羊六七头，逐之。经一石桥，甚狭而峻。羊去，根等亦随渡，向绝崖。崖正赤，壁之，名曰赤城。上有水流下，广狭如匹布。剡人谓之瀑布。羊径有山穴如门，豁然而过。既入，内甚平敞，草木皆香。有一小屋，二女子住其中，年皆十五六，容色甚美，著青衣。一名莹珠，一名洁玉。见二人至，欣然云："早望汝来。"遂为室家。忽二女出行，云复有得婿者，往庆之。曳履于绝岩上行，琅琅然。二人思归，潜去归路。二女追还已知，乃谓曰："自可去。"乃以一腕囊与根等，语曰："慎勿开也。"于是乃归。后出行，家人开视其囊，囊如莲花，一重去，一重复，至五盖，中有小青鸟，飞去。根还知此，怅然而已。后根于田中耕，家依常饷之，见在田中不动，就视，但有壳如蝉蜕也。

4. 荥阳人姓何，忘其名，有名闻士也。荆州辟为别驾，不就，隐遁养志。常至田舍，人收获在场上。忽有一人，长丈余，萧疏单衣，角巾，来诣之，翩翩举其两手，并舞而来，语何云："君曾见'韶舞'不？此是'韶舞'。"且舞且去。何寻逐，径向一山，山有穴，才容一人。其人命入穴，何亦随之入。初甚急，前辄闲旷，便失人，见有良田数十顷。何遂垦作，以为世业。子孙至今赖之。

5. 晋太元中，武陵人捕鱼为业。缘溪行，忘路远近，忽逢桃花，夹岸数百步，中无杂树，芳华鲜美，落英缤纷。渔人甚异之。复前行，欲穷其林。林尽水源，便得一山。山有小口，仿佛若有光。便舍舟，从口入。初极狭，才通人。复行数十步，豁然开朗，土地旷空，屋舍俨然。有良田、美池、桑竹之属。阡陌交通，鸡犬相闻。男女衣着，悉如外人。黄发垂髫，并怡然自乐。见渔人，大惊，问所从来，具答之。便要还家，为设酒杀鸡作食。村中人闻有此人，咸来问讯。自云先世避秦难，率妻子邑人至此绝境，不复出焉。遂与外隔。问今是何世，乃不知有汉，无论魏晋。此人一一具言所闻，皆为叹惋。余人各复延至其家，皆出酒食。停数日，辞去。此中人语云："不足为外人道也。"既出，得其船，便扶向路，处处志之。及郡，乃诣太守，说如此。太守刘歆，即遣人随之往，寻向所志，不复得焉。

6. 南阳刘驎之，字子骥，好游山水。尝采药至衡山，深入忘返。见有一涧水，水南有二石囷，一闭一开。水深广，不得渡。欲还，失道，遇伐弓人，问径，仅得还家。或说囷中皆仙方灵药及诸杂物。驎之欲更寻索，不复知处矣。

7. 长沙醴陵县有小水，有二人乘船取樵，见岸下土穴中水逐流出，有新斫木片逐流下，深山中有人迹，异之。乃相谓曰："可试如水中看何由尔？"一人便以笠自障，入穴。穴才容人。行数十步，便开明朗然，不异世间。

8. 平乐县有山临水，岩间有两目，如人眼，极大，瞳子白黑分明，名为"目岩"。

9. 始兴机山东有两岩，相向如鸱尾。石室数十所。经过，皆闻有金石丝竹之响。

10. 中宿县有贞女峡。峡西岸水际有石如人形，状似女子。是曰"贞女"。父老相传:秦世有女数人,取螺于此,遇风雨昼昏,而一女化为此石。

11. 临城县南四十里有盖山,百许步有姑舒泉。昔有舒女,与父析薪于此泉。女因坐,牵挽不动,乃还告家。比还,唯见清泉湛然。女母曰:"吾女好音乐。"乃作弦歌,泉涌洄流,有朱鲤一双,今人作乐嬉戏,泉故涌出。

卷二

12. 吴舍人名猛，字世云，有道术。同县邹惠政迎猛，夜于家中庭烧香。忽有虎来，抱政儿超篱去。猛语云："无所苦，须臾当还。"虎去数十步，忽然复送儿归。政遂精进，乞为好道士。猛性至孝，小儿时，在父母傍卧，时夏日多蚊虫，而终不摇扇。同宿人觉，问其故，答云："惧蚊虻去，嘬我父母尔。"及父母终，行服墓次，蜀贼纵暴，焚烧邑屋，发掘坟垄，民人迸窜，猛在墓侧，号恸不去。贼为之感怆，遂不犯。

13. 谢允从武当山还，在桓宣武座，有言及左元放为曹公致鲈鱼者，允便云："此可得尔。"求大瓮盛水，朱书符投水中。俄有一鲤鱼鼓鬐水中。

14. 钱塘杜子恭有秘术。尝就人借瓜刀，其主求之，子恭曰："当即相还耳。"既而刀主行至嘉兴，有鱼跃入船中。破鱼腹，得瓜刀。

15. 太兴中，衡阳区纯作鼠市：四方丈余，开四车，门有一木人。从四五鼠于中，欲出门，木人辄以手推之。

16. 晋大司马桓温，字元子。末年，忽有一比丘尼，失其名，来自远方，投温为檀越。尼才行不恒，温甚敬待，居之门内。尼每浴，必至移时。温疑而窥之。见尼裸身挥刀，破腹出脏，断截身首，支分脔切。温怪骇而还。及至尼出浴室，身形如常。温以实问，尼答曰："若逐凌君上，形当如之。"时温方谋问鼎，闻之怅然。故以戒惧，终守臣节。尼后辞去，不知所在。

17. 沛国有一士人，姓周。同生三子，年将弱冠，皆有声无言。忽有一客从门过，因乞饮，闻其儿声，问之曰："此是何声？"答曰："是仆之子，皆不能言。"客曰："君可还内省过，何以致此？"主人异其言，知非常人。良久出云："都不忆有罪过。"客曰："试更思幼时事。"入内，食顷，出语客曰："记小儿时，当床上有燕巢，中有三子，其母从外得食哺，三子皆出口受之。积日如此。试以指内巢中，燕雏亦出口承受。因取三蔷茨，各与食之。既而皆死。母还，不见子，悲鸣而去。昔有此事，今实悔之。"客闻言，遂变为道人之容，曰："君既自知悔，罪今除矣。"言讫，便闻其子言语周正，忽不见此道人。

18. 天竺人佛图澄，永嘉四年来洛阳，善诵神咒，役使鬼神。腹旁有一孔，常以絮塞之。每夜读书，则拔絮，孔中出光，照于一室。平旦，至流水侧，从孔中引出五脏六腑洗之，讫，还内服中。

19. 石虎邺中有一胡道人，知咒术。乘驴作估客，于外国深山中行。下有绝涧，窅然无底。忽有恶鬼，偷牵此道人驴，下入绝涧。道人寻迹咒誓，呼诸鬼王。须臾，即驴物如故。

20. 昙游道人，清苦沙门也。剡县有一家事蛊，人噉其食饮，无不吐血死。游尝诣之。主人下食，游依常咒愿。双蜈蚣，长尺余，便于盘中跳走。游便饱食而归，安然无他。

21. 高悝家有鬼怪，言语呵叱，投掷内外，不见人形。或器物自行再三发火。巫祝厌劾而不能绝。适值幸灵，乃要之。至门，见符索甚多，并取焚之。惟据轩小坐而去。其刀鬼怪即绝。

22. 赵固常乘一匹赤马以战征，甚所爱重。常系所住斋前，忽腹胀，少时死。郭璞从北过，因往诣之。门吏云："将军好马，甚爱惜。今死，甚懊惋。"璞便语门吏云："可入通，道吾能活此马，则必见我。"门吏闻之惊喜，即启固。固踊跃，令门吏走往迎之。始交寒温，便问："卿能活我马乎？"璞曰："我可活尔。"固欣喜，即问："须何方术？"璞云："得卿同心健儿二三十人，皆令持竹竿，于此东行三十里，当有邱陵林树，状若社庙。有此者，便当以竹竿搅扰打拍之。当得一物，便急持归。既得此物，马便活矣。"于是左右骁勇之士五十人使去。果如璞言，得大丛林，有一物似猴而非，走出。人共逐得，便抱持归。此物遥见死马，便跳梁欲往。璞令放之。此物便自走往马头间，嘘吸其鼻。良久，马起，喷奋奔迅，便不见此物。固厚赀给，璞得过江左。

23. 王文献曾令郭璞筮己一年吉凶，璞曰："当有小不吉利。可取广州二大瓮，盛水，置床张二角，名曰'镜好'，以厌之。至某时，撤瓮去水。如此其灾可消。"至日忘之。寻失铜镜，不知所在。后撤去水，乃见所失镜在于瓮中。瓮口数寸，镜大尺余。王公复令璞筮镜瓮之意。璞云：

"撤罂违期,故致此妖。邪魅所为,无他故也。"使烧车辖而镜立出。

24. 中兴初,郭璞每自为卦,知其凶终。尝行经建康栅塘,逢一趋步少年,甚寒,便牵住,脱丝布袍与之。其人辞不受,璞曰:"但取,后自当知。"其人受而去。及当死,果此人行刑,旁人皆为求属,璞曰:"我托之久矣。"此人为之歔欷哽咽。行刑既毕,此人乃说。

25. 高平郗超,字嘉宾,年二十余,得重病。庐江杜不愆,少就外祖郭璞学《易》卜,颇有经验。超令试占之。卦成,不愆曰:"案卦言之,卿所羔寻愈。然宜于东北三十里上官姓家,索其所养雄雉,笼而绊之,置东檐下,却后九日景午日午时,必当有野雌雉飞来,与交合。既毕,双飞去。若如此,不出二十日,病都除。又是休应,年将八十,位极人臣。若但雌逝雄留者,病一周方差。年半八十,名位亦失。"超时正羸笃,虑命在旦夕,笑而答曰:"若保八十之半,便有余矣。一周病差,何足为淹。"然未之信。或对依其言索雄,果得。至景午日,超卧南轩之下观之。至日晏,果有雌雉飞入笼,与雄雉交而去。雄雉不动,超叹息曰:"管郭之奇,何以尚此!"超病逾年乃起。至四十,卒于中书郎。

卷三

26. 程咸字咸休。其母始怀咸，梦老公投药与之："服此，当生贵子。"晋武帝时，历位至侍中，有名于世。

27. 袁真在豫州，遣女妓纪陵送阿薛、阿郭、阿马三妓与桓宣武。既至经时，三人半夜共出庭前月下观望，有铜瓮水在其侧。忽见一流星，夜从天直堕瓮中。惊喜共视，忽如二寸火珠，沉于水底，炯然明净，乃相谓曰："此吉祥也，当谁应之。"于是薛、郭二人更以瓢杓接取，并不得。阿马最后取，星正入瓢中，便饮之。既而若有感焉。俄而怀桓玄。玄虽篡位不终，而数年之中，荣贵极矣。

28. 临淮公荀序，字休元。母华夫人，怜爱过常。年十岁，从南临归，经青草湖，时正帆风驶，序出塞郭，忽落水。比得下帆，已行数十里。洪波淼漫，母抚膺远望，少顷，见一掘头船，渔父以楫棹船如飞，载序还之，云："送府君还。"荀后位至常伯、长沙相，故云府君也。

29. 庐陵巴邱人文晁者，世以田作为业。年常田数十顷，家渐富。晋太元初，秋收已过，刈获都毕，明旦至田，禾悉复满，湛然如初。即便更获，所获盈仓。于此遂为巨富。

30. 上虞魏全，家在县北。忽有一人，着孝子服，皂笠，手巾掩口，来诣全家，语曰："君有钱一千万，铜器亦如之，大柳树钱在其下，取钱当得尔。于君家大不吉。仆寻为君取此。"便去。自尔出三十年，遂不复来。全家亦不取钱。

31. 元嘉元年，建安郡山贼百余人破郡治，抄掠百姓资产、子女，遂入佛图，搜掠财宝。先是，诸供养具别封置一室。贼破户，忽有蜜蜂数万头，从衣篮出，同时噬蜇。群贼身首肿痛，眼皆盲合，先诸所掠，皆弃而走。

32. 蔡裔有勇气，声若雷震。尝有二偷儿入室，裔拊床一呼，二盗俱陨。

33. 昔有一人，与奴同时得腹瘕病，治不能愈。奴既死，乃剖腹视之，得一白鳖，赤眼，甚鲜明。乃试以诸毒药浇灌之，并内药于鳖口，悉无损动，乃系鳖于床脚，忽有一客来看之，乘一白马。既而马溺溅鳖，鳖乃惶骇，欲疾走避溺，因系之不得去，乃缩藏头颈焉。病者察之，谓其子曰："吾病或可以救矣。"乃试取白马溺以灌鳖上，须臾便消成数升水。病者乃顿服升余白马溺，病豁然愈。

34. 太尉郗鉴，字道徽，镇丹徒。曾出猎，时二月中，蕨始生。有一甲士，折食一茎，即觉心中淡淡，欲吐。因归，乃成心腹疼痛。经半年许，忽大吐，吐出一赤蛇，长尺余，尚活动摇。乃挂著屋檐前，汁稍稍出，蛇渐焦小。经一宿视之，乃是一茎蕨。犹昔之所食，病遂除。

35. 桓宣武时，有一督将，因时行病后虚热，更能饮复茗，必一斛二斗乃饱。才减升合，便以为不足。非复一日。家贫。后有客造之，正遇其饮复茗，亦先闻世有此病，仍令更进五升，乃大吐，有一物出，如升大，有口，形质缩绉，状如牛肚。客乃令置之于盆中，以一斛二斗复茗浇之。此物歙之都尽，而止觉小胀。又加五升，便悉混然从口中涌出。既吐此物，其病遂差。或问之："此何病？"答云："此病名斛二瘕。"

36. 桓哲字明期，居豫章时，梅元龙为太守，先已病矣，哲往省之。语梅云："吾昨夜忽梦见作卒，迎卿来作泰山府君。梅闻之愕然，曰："吾亦梦见卿为卒，着丧衣，来迎我。"经数日。复同梦如前，云"二十八日当拜"。至二十七日晡时，桓忽中恶腹满，就梅索麝香丸，梅闻，便令作凶具。二十七日，桓便亡。二十八日而梅卒。

37. 平原华歆，字子鱼，为诸生时，常宿人门外，主人妇夜产。有顷，两吏来诣其门，便相向辟易，欲退，却相谓曰："公在此。"因踟蹰良久。一吏曰："籍当定，奈何得住？"乃前向子鱼拜，相将入。出，并行共语曰："当与几岁？"一人云："当与三岁。"天明，子鱼去。后欲验其事，至三岁，故往视儿消息，果三岁已死。乃自喜曰："我固当公。"后果为太尉。

38. 宋时有一人，忘其姓氏，与妇同寝，天晓，妇起出，后其夫寻亦出外。妇还，见其夫犹在被中眠。须臾，奴子自外来，云："郎求镜。"妇以奴诈，乃指床上以示奴。奴云："适从郎间来。"于是白驰其夫。夫大愕，便入。与妇共视被中人，高枕安寝，正是其形，了无一异。虑是其神魂，不敢惊动。乃共以手徐徐抚床，遂冉冉入席而灭。夫妇惋怖不已。少时，夫忽得疾，性理乘错,终身不愈。

39. 董寿之被诛,其家尚未知。妻夜坐,忽见寿之居其侧,叹息不已。妻问:"夜间何得而归?"寿之都不应答。有顷,出门绕鸡笼而行,笼中鸡惊叫。妻疑有异,持火出户视之,见血数升,而寿之失所在。遂以告姑,因与大小号哭,知有变,及晨,果得凶问。

40. 宋时有诸生远学,其父母燃火夜作,儿忽至前,叹息曰:"今我但魂尔,非复生人。"父母问之,儿曰:"此月初病,以今日某时亡。今在琅琊任子成家,明日当殓,来迎父母。"父母曰:"去此千里,虽复颠倒,那得及汝?"儿曰:"外有车乘,但乘之,自得至矣。"父母从之上车,忽若睡,比鸡鸣,已至所在。视其驾乘,但魂车木马。遂与主人相见,临儿悲哀。问其疾消息,如言。

卷四

41. 晋时,东平冯孝将为广州太守。儿名马子,年二十余,独卧厩中,夜梦见一女子,年十八九,言:"我是前太守北海徐玄方女,不幸早亡。亡来今已四年,为鬼所枉杀。案生录,当八十余,听我更生,要当有依马子乃得生活,又应为君妻。能从所委,见救活不?"马子答曰:"可尔。"乃与马子克期当出。至期日,床前地头发正与地平,令人扫去,则愈分明,始悟是所梦见者。遂屏除左右人,便渐渐额出,次头面出,又次肩项形体顿出。马子便令坐对榻上,陈说语言,奇妙非常。遂与马子寝息。每诫云:"我尚虚尔。"即问何时得出,答曰:"出当得本命生日,尚未至。"遂往厩中,言语声音,人皆闻之。女计生日至,乃具教马子出己养之方法,语毕辞去。马子从其言,至日,以丹雄鸡一只,黍饭一盘,清酒一升,酹其丧前,去厩十余步。祭讫,掘棺出,开视,女身体貌全如故。徐徐抱出,著毡帐中,唯心下微暖,口有气息。令婢四人守养护之。常以青羊乳汁沥其两眼,渐渐能开,口能咽粥,既而能语,二百日中,持杖起行,一期之后,颜色肌肤气力悉复如常,乃遣报徐氏,上下尽来。选吉日下礼,聘为夫妇。生二儿一女:长男字元庆,永嘉为秘书郎中;小男字敬度,作太傅掾;女适济南刘子彦,征士延世之孙云。

42. 干宝字令升,其先新蔡人。父莹,有嬖妾。母至妒,宝父葬时,因生推婢著藏中。宝兄弟年小,不之审也。经十年而母丧,开墓,见其妾伏棺上,衣服如生。就视犹暖,渐渐有气息。舆还家,终日而苏。云宝父常致饮食,与之寝接,恩情如生。家中吉凶,辄语之,校之悉验。平复数年后方卒。宝兄尝病气绝,积日不冷。后遂寤,云见天地间鬼神事,如梦觉,不自知死。

43. 晋太元中,北地人陈良与沛国刘舒友善,又与同郡李焉共为商贾。后大得利,焉杀良取物。死十许日,良忽苏活,得归家,说死时,见友人刘舒，舒久已亡，谓良曰："去年春社日祠祀，家中斗争，吾实忿之，作一咒于庭前，卿归，岂能为我说此耶？"良故往报舒家，其怪亦绝。乃诣官疏李焉而服罪。

44. 襄阳李除，中时气死。其妇守尸。至于三更，崛然起坐，搏妇臂上金钏甚遽。妇因助脱，既手执之，还死。妇伺察之，至晓，心中更暖，渐渐得苏。既活，云："为吏将去，比伴甚多，见有行货得免者，乃许吏金钏。吏令还，故归取以与吏。吏得钏，便放令还。见吏取钏去。"后数日，不知犹在妇衣内。妇不敢复着，依事咒埋。

45. 郑茂病亡，殡殓讫，未得葬，忽然妇及家人梦茂云："己未应死，偶闷绝尔，可开棺出我，烧车钉以熨头顶。"如言乃活。

46. 晋时，武都太守李仲文在郡丧女，年十八，权假葬郡城北。有张世之代为郡。世之男字子长，年二十，侍从在廨中，夜梦一女，年可十七八，颜色不常，自言："前府君女，不幸早亡。会今当更生。心相爱乐，故来相就。"如此五六夕。忽然昼见，衣服薰香殊绝，遂为夫妻，寝息，衣皆有污，如处女焉。后仲文遣婢视女墓，因过世之妇相问。入廨中，见此女一只履在子长床下。取之啼泣，呼而发冢。持履归，以示仲文。仲文惊愕，遣问世之："君儿可由得亡女履耶？"世之呼问，儿具道本末。李、张并谓可怪。发棺视之，女体已生肉，姿颜如故，右脚有履，左脚无也。子长梦女曰："我比得生，今为所发。自尔之后遂死，肉烂不得生矣。万恨之心，当复何言！"涕泣而别。

47. 魏时，寻阳县北山中蛮人有术，能使人化作虎。毛色爪牙，悉如真虎。乡人周眕有一奴，使入山伐薪。奴有妇及妹，亦与俱行。既至山，奴语二人云："汝且上高树，视我所为。"如其言。既而入草，须臾，见一大黄斑虎从草中出，奋迅吼唤，甚可畏怖。二人大骇。良久还草中，少时，复还为人，语二人云："归家慎勿道。"后遂向等辈说之。周寻得知，乃以醇酒饮之，令熟醉。使人解其衣服及身体，事事详悉，了无他异。唯于髻发中得一纸，画作大虎，虎边有符，周秘取录之。奴既醒，唤问之。见事已露，遂具说本末云："先尝于蛮中告籴，有蛮师云有此术，乃以三尺布，数升米糈，一赤雄鸡，一升酒，授得此法。"

48. 魏清河宋士宗母，以黄初中夏天于浴室里浴，遣家中子女阖户。

家人于壁穿中,窥见浴盆中有大鼋。遂开户,大小悉入,了不与人相承当。先著银钗犹在头上。相与守之涕泣,无可奈何。出外去,甚驶,逐之不可及,便入水。后数日,忽还。巡行舍宅,如平生,了无所言而去。时人谓士宗应行丧,士宗以母形虽变,而生理尚存,竟不治丧。与江夏黄母相似。

卷五

49. 晋安帝时，侯官人谢端，少丧父母，无有亲属，为邻人所养。至年十七八，恭谨自守，不履非法。始出居，未有妻，邻人共愍念之，规为娶妇，未得。端夜卧早起，躬耕力作，不舍昼夜。后于邑下得一大螺，如三升壶。以为异物，取以归，贮瓮中。畜之十数日。端每早至野还，见其户中有饭饮汤火，如有人为者。端谓邻人为之惠也。数日如此，便往谢邻人。邻人曰："吾初不为是，何见谢也。"端又以邻人不喻其意，然数尔如此，后更实问，邻人笑曰："卿已自取妇，密著室中炊爨，而言吾为之炊耶？"端默然心疑，不知其故。后以鸡鸣出去，平早潜归，于篱外窃窥其家中，见一少女，从瓮中出，至灶下燃火。端便入门，径至瓮所视螺，但见女。乃到灶下问之曰："新妇从何所来，而相为炊？"女大惶惑，欲还瓮中，不能得去，答曰："我天汉中白水素女也。天帝哀卿少孤，恭慎自守，故使我权为守舍炊烹。十年之中，使卿居富得妇，自当还去。而卿无故窃相窥掩，吾形已见，不宜复留，当相委去。虽然，尔后自当少差。勤于田作，渔采治生。留此壳去，以贮米谷，常可不乏。"端请留，终不肯。时天忽风雨，翕然而去。端为立神座，时节祭祀。居常饶足，不致大富耳。于是乡人以女妻之。后仕至令长云。今道中素女祠是也。

50. 晋太康中，谢家沙门竺昙遂，年二十余，白皙端正，流俗沙门，长行经清溪庙前过，因入庙中看，暮归，梦一妇人来，语云："君当来作我庙中神，不复久。"昙遂梦问："妇人是谁？"妇人云："我是清溪庙中姑。"如此一月许，便病。临死，谓同学年少曰："我无福，亦无大罪，死乃当作清溪庙神。诸君行便，可过看之。"既死后，诸年少道人诣其庙。既至，便灵语相劳问，声音如昔时。临去云："久不闻呗声，思一闻之。"其伴慧觐便为作呗讫。其神犹唱赞。语云："岐路之诀，尚有凄怆。况此之乖，形神分散。窈冥之叹,情何可言。"既而歔欷不自胜,诸道人等皆为流涕。

51. 王导子悦为中书郎,导梦人以百万钱买悦,导潜为祈祷者备矣。寻掘地,得钱百万,意甚恶之,一一皆藏闭。及悦疾笃,导忧念特至,积日不食。忽见一人,形状甚伟,被甲持刀。问是何人,曰:"仆,蒋侯也。公儿不佳,欲为请命,故来尔。公勿复忧。"导因与之食,遂至数升,食毕,勃然谓导曰:"中书命尽,非可救也。"言讫不见。悦亦殒绝。

52. 会稽郧县东野有女子姓吴,字望子,路忽见一贵人,俨然端坐,即蒋侯象也。因掷两橘与之。数数形见,遂隆情好。望子心有所欲,辄空中得之。常思鲙,一双鲤自空而至。

53. 孙恩作逆时,吴兴分乱,一男子忽急突入蒋侯庙。始入门,木像弯弓射之,即卒。行人及守庙者,无不皆见。

54. 晋太元中,乐安高衡为魏郡太守,戍石头。其孙雅之,在厩中,云有神来降。自称白头公,拄杖光辉照屋。与雅之轻举宵行,暮至京口来还。后雅之父子为桓玄所杀。

55. 永和中,义兴人姓周,出都,乘马,从两人行。未至村,日暮。道边有一新草小屋,一女子出门,年可十六七,姿容端正,衣服鲜洁。望见周过,谓曰:"日已向暮,前村尚远。临贺讵得至?"周便求寄宿。此女为燃火作食。向一更中,闻外有小儿唤阿香声,女应诺。寻云:"官唤汝推雷车。"女乃辞行,云:"今有事当去。"夜遂大雷雨。向晓,女还。周既上马,看昨所宿处,止见一新冢,冢口有马尿及余草。周甚惊愧。后五年,果作临贺太守。

56. 豫章人刘广,年少未婚。至田舍,见一女子,云:"我是何参军女,年十四而夭,为西王母所养,使与下土人交。"广与之缠绵。其日,于席下得手巾,裹鸡舌香。其母取巾烧之,乃是火浣布。

57. 桓大司马从南州还,拜简文皇帝陵,左右觉其有异。既登车,谓从者曰:"先帝向遂灵见。"既不述帝所言,故众莫之知。但见将拜时,频言"臣不敢"而已。又问左右殷涓形貌。有人答:"涓为人肥短,黑色甚丑。"桓云:"向亦见在帝侧,形亦如此。"意恶之。遂遇疾,未几而薨。

卷六

58. 汉时，会稽句章人至东野还，暮，不及至家。见路旁小屋燃火，因投宿止。有一少女，不欲与丈夫共宿，呼邻人家女自伴，夜共弹箜篌。问其姓名，女不答。弹弦而歌曰："连绵葛上藤，一绥复一缅。欲知我姓名，姓陈名阿登。"明至东郭外，有卖食母在肆中，此人寄坐，因说昨所见。母闻阿登，惊曰："此是我女，近亡，葬于郭外。"

59. 汉时诸暨县吏吴详者，惮役委顿，将投窜深山。行至一溪，日欲暮，见年少女子来，衣甚端正。女曰："我一身独居，又无邻里，唯有一孤妪，相去十余步尔。"详闻甚悦，便即随去。行一里余，即至女家，家甚贫陋。为详设食。至一更竟，忽闻一妪唤云："张姑子。"女应曰："诺。"详问是谁，答云："向所道孤独妪也。"二人共寝息。至晓鸡鸣，详去，二情相恋，女以紫手巾赠详，详以布手巾报之。行至昨所应处，过溪。其夜大水暴溢，深不可涉。乃回向女家，都不见昨处，但有一冢尔。

60. 庐江筝笛浦，浦有大舶，覆在水中，云是曹公舶船。尝有渔人，夜宿其旁，以船系之，但闻筝笛弦节之声及香气氤氲，渔人又梦人驱遣云："勿近官船。"此人惊觉，即移船去。相传云曹公载数妓船覆于此，今犹存焉。

61. 卢充猎，见獐便射，中之。随逐，不觉远。忽见一里门如府舍。问铃下，铃下对曰："崔少府府也。"进见少府，少府语充曰："尊府君为索小女婚，故相迎耳。"三日婚毕，以车送充至家。母问之，具以状对。既与崔别后四年之三月三日，充临水戏。遥见水边有犊车，乃往开车户。见崔女与三岁儿共载，情意如初。抱儿还充，水与金鋺而别。

62. 王伯阳家在京口，宅东有大冢，相传云是鲁肃墓。伯阳妇，郗鉴兄女也，丧亡，王平其冢以葬。后数年，伯阳白日在厅事，忽见一贵人，乘平肩舆，与侍从数百人，马皆浴铁，径来坐，谓伯阳曰："我是鲁子敬，安冢在此二百许年。君何故毁坏吾冢？"因顾左右："何不举手！"左右牵伯阳下床，乃以刀环击之数百而去。登时绝死。良久复苏，被击处皆发疽溃，寻便死。一说王伯阳亡，其子营墓，得一漆棺，移至南冈，夜梦肃怒云："当杀汝父。"寻复梦见伯阳云："鲁肃与吾争墓，若不如我不复得还。"后于灵座褥上见血数升，疑鲁肃之故也。墓今在长广桥东一里。

63. 承俭者，东莞人。病亡，葬本县界。后十年，忽夜与其县令梦云："没故民承俭，人今见劫，明府急见救。"令便敕内外装束，作百人仗，便令驰马往冢上。日已向出，天忽大雾，对面不相见，但闻冢中呦呦破棺声。有二人坟上望，雾瞑不见人往。令既至，百人同声大叫，收得冢中三人。坟上二人遂得逃走。棺未坏，令即使人修复之。其夜，令又梦俭云："二人虽得走，民悉志之：一人面上有青志，如藿叶；一人断其前两齿折。明府但案此寻觅。自得也。"令从其言追捕，并擒获。

64. 荆州刺史殷仲堪，布衣时，在丹徒，忽梦见一人，自说己是上虞人，死亡，浮丧飘流江中，明日当至。"君有济物之仁，岂能见移？著高燥处，则恩及枯骨矣。"殷明日与诸人共江上看，果见一棺，逐水流下，飘飘至殷坐处。令人牵取，题如所梦。即移著冈上，酹以酒饭。是夕，又梦此人来谢恩。

65. 晋升平中，徐州刺史索逊乘船往晋陵。会暗发，回河行数里，有人求索寄载，云："我家在韩冢，脚痛不能行，寄君船去。"四更守至韩冢，此人便去。逊遣人牵船，过一渡，施力殊不便，骂此人曰："我数里载汝来，径去，不与人牵船。"欲与痛手。此人便还与牵，不觉用力而得渡。人更径入诸冢间。逊疑非人，使窃寻看。此人经冢间，便不复见。须臾复出，至一冢呼曰："载公。"有出应者。此人云："我向载人船来，不与共牵，奴便欲打我。今当往报之。欲暂借甘罗来。"载公曰："坏我甘罗，不可得。"此人云："无所苦，我试之耳。"逊闻此，即还船。须臾，岸上有物来，赤如百斛籚，长二丈许，径来向船，逊便大呼："奴载我船，不与我牵，不得痛手！方便载公甘罗，今欲击我。我今日即打坏奴甘罗。"言讫，忽然便失，于是遂进。

66. 晋元熙中，上党冯述为相府吏，将假归虎牢。忽逢四人，各持绳及杖，来赴述。述策马避，马不肯进。四人各捉马一足，倏然便到河上。问述："欲渡否？"述曰："水深不测，既无舟楫，如何得渡？君正欲见杀尔。"

四人云:"不相杀,当持君赴官。"遂复捉马脚涉河而北。述但闻波浪声,而不觉水。垂至岸,四人相谓曰:"此人不净,那得将去。"时述有弟丧服,深恐鬼离之,便当溺水死,乃鞭马作势,径得登岸。述辞谢曰:"既蒙恩德,何敢复烦劳。"

67. 安丰侯王戎,字浚冲,琅邪临沂人也。尝赴人家殡殓。主人治棺未竟,送者悉入厅事上。安丰在车中卧。忽见空中有一异物,如鸟,熟视转大,渐近,见一乘赤马车,一人在中,着帻,赤衣,手持一斧,至地下车,径入王车中,回几容之。谓王曰:"君神明清照,物无隐情。亦有事,故来相从。然当为君一言:凡人家殡殓葬送,苟非至亲,不可急往。良不获已,可乘赤车,令髯奴御之,及乘白马,则可禳之。"因谓戎:"君当致位三公。"语良久。主人内棺当殡,众客悉入,此鬼亦入。既入户,鬼便持斧行棺墙上。有一亲趋棺,欲与亡人诀。鬼便以斧正打其额,即倒地。左右扶出。鬼于棺上,视戎而笑,众悉见鬼持斧而出。

68. 李子豫,少善医方,当代称其通灵。许永为豫州刺史,镇历阳。其弟得病,心腹疼痛十余年,殆死。忽一夜,闻屏风后有鬼谓腹中鬼曰:"何不速杀之?不然,李子豫当从此过。以朱丸打汝,汝其死矣。"腹中鬼对曰:"吾不畏之。"及旦,许永遂使人候子豫,果来。未入门,病者自闻中有呻吟声。及子豫入视,曰:"鬼病也。"遂于巾箱中出八毒赤丸子与服之。须臾,腹中雷鸣鼓转,大利数行,遂差。今八毒丸方是也。

69. 宋元嘉十四年,广陵盛道儿亡,托孤女于妇弟申翼之。服阕,翼之以其女嫁北乡严齐息,寒门也,丰其礼赂,始成婚。道儿忽空中怒曰:"吾喘唾乏气,举门户以相托。如何昧利忘义,结婚微族。"翼之乃大惶愧。

70. 晋淮南胡茂回,能见鬼。虽不喜见,而不可止。后行至扬州,还历阳。城东有神祠中,正值民将巫祝祀之。至须臾顷,有群鬼相叱曰:"上官来。"各迸走出祠去。回顾,见二沙门来入祠中。诸鬼两两三三相抱持,在祠边草中伺望。望见沙门,皆有怖惧。须臾,二沙门去后,诸鬼皆还祠中。回于是信佛,遂精诚奉事。

71. 有一伧小儿,放牛野中,伴辈数人。见一鬼依诸丛草间,处处设网,欲以捕人。设网后未竟,伧小儿窃取前网,仍以罩捕,即缚得鬼。

72. 庐江杜谦为诸暨令。县西山下有一鬼,长三丈,着赭衣裤在褶,在草中拍张。又脱褶掷草上,作《懊恼歌》。百姓皆看之。

73. 会稽朱弼为国郎中令,营立第舍,未成而卒。同郡谢子木代其事,以弼死亡,乃簿书多张功费,长百余万,以其赃诬弼。而实自入。子木夜寝,忽闻有人道弼姓字者。俄顷而到子木堂前,谓之曰:"卿以枯骨腐专可得诬,当以某日夜更典对证。"言终,忽然不见。

74. 夏侯综为安西参军,常见鬼骑马满道,与人无异。尝与人载行,忽牵人语,指道上一小儿云:"此儿正须大病。"须臾,此儿果病,殆死。其母闻之,诘综。综云:"无他,此儿向于道中掷涂,误中一鬼脚。鬼怒,故病汝儿尔。得以酒饭遗鬼,即差。"母如言而愈。

75. 顺阳范启,母丧当葬。前母墓在顺阳,往视之,既至而坟垅杂沓,难可识别,不知何许。袁彦仁时为豫州,往看之,因云:"闻有一人见鬼。"范即如言,令物色觅之。比至,云:"墓中一人衣服颜状如此。"即开墓,棺物皆烂,冢中灰壤深尺余。意甚疑之。试令人以足拨灰中土,冀得旧物,果得一砖,铭云"范坚之妻",然后信之。

76. 沙门竺法师,会稽人也,与北中郎王坦之周旋甚厚。每共论死生罪福报应之事茫昧难明,因便共要,若有先死者,当相报语。后经年,王于庙中忽见法师来,曰:"贫道以某月日命故,罪福皆不虚,应若影响。檀越唯当勤修道德,以升跻神明耳。先与君要,先死者相报,故来相语。"言讫,忽然不见。坦之寻亦卒。

77. 乐安刘池苟,家在夏口,忽有一鬼来住刘家。初因暗仿佛见形如人,着白布裤。自尔后,数日一来,不复隐形,便不去。喜偷食,不以为患,然且难之。初不敢呵骂。吉翼子者,强梁不信鬼,至刘家,谓主人曰:"卿家鬼何在?唤来,今为卿骂之。"即闻屋梁作声。时大有客,共仰视,便纷纭掷一物下,正著翼子面。视之,乃主人家妇女亵衣,恶犹著焉。众共大笑为乐。吉大惭,洗面而去。有人语刘:"此鬼偷食,乃食尽,必有形之物,可以毒药中之。"刘即于他家煮野葛,取二升汁,密赍还家。向夜,举家作粥糜,食余一瓯,因泻葛汁著中,置于几上,以盆覆之。人定后,闻鬼从外来,发盆啖糜。既讫,便掷破瓯走去。须臾间,在屋头吐,嗔怒非常,便棒打窗户。刘先已防备,与斗。亦不敢入。至四更中,然后遂绝。

卷七

78. 庐陵巴邱人陈济者,作州吏。其妇秦,独在家。常有一丈夫,长丈余,仪容端正,著绛碧袍,采色炫耀,来从之。后常相期于一山涧间。至于寝处,不觉有人道相感接。如是数年。比邻人观其所至辄有虹见。秦至水侧,丈夫以金瓶引水共饮。后遂有身,生而如人,多肉。济假还,秦惧见之,乃纳儿著瓮中。此丈夫以金瓶与之,令覆儿,云:"儿小,未可得将去。不须作衣,我自衣之。"即与绛囊以裹之,令可时出与乳。于时风雨暝晦,邻人见虹下其庭,化为丈夫,复少时,将儿去,亦风雨暝晦。人见二虹出其家。数年而来省母。后秦适田,见二虹于涧,畏之。须臾见丈夫,云:"是我,无所畏也。"从此乃绝。

79. 宋元嘉初,富阳人姓王,于穷渎中作蟹断。旦往观之,见一材长二尺许,在断中。而断裂开,蟹出都尽。乃修治断,出材岸上。明往视之,材复在断中,断败如前。王又治断出材。明晨视,所见如初。王疑此材妖异,乃取内蟹笼中,擎头担归,云:"至家,当斧斫燃之。"未至家二三里,闻笼中倅倅动。转头顾视,见向材头变成一物,人面猴身,一身一足。语王曰:"我性嗜蟹,比日实入水破君蟹断,入断食蟹。相负已尔,望君见恕,开笼出我。我是山神,当相佑助,并令断得大蟹。"王曰:"如此暴人,前后非一,罪自应死。"此物种类,专请包放。王回顾不应。物曰:"君何姓名,我欲知之。"频问不已,王遂不答。去家转近,物曰:"既不放我,又不告我姓名,当复何计,但应就死耳。"王至家,炽火焚之。后寂然无复声。土俗谓之山獡,云知人姓名,则能中伤人。所以勤勤问王,欲害人自免。

80. 刘聪伪建元元年正月,平阳地震,其崇明观陷为池,水赤如血,赤气至天,有赤龙奋迅而去。流星起于牵牛,入紫微,龙形委蛇,其光照地,落于平阳北十里。视之则肉,臭闻于平阳,长三十步,广二十七步。肉旁尝有哭声,昼夜不止。数日,聪后刘氏,产一蛇一兽,各害人而走。

寻之不得。顷之,见于陨肉之旁。俄而刘氏死,哭声自绝。

81. 晋中兴后,谯郡周子文,家在晋陵。少时喜射猎,常入山,忽山岫间有一人,长五六丈,手捉弓箭,箭镝头广二尺许,白如霜雪,忽出声唤曰:"阿鼠。"子文不觉应曰:"喏。"此人便牵弓满镝向子文,子文便失魂厌伏。

82. 晋孝武世,宣城人秦精,常入武昌山中采茗,忽遇一人,身长丈余,遍体皆毛,从山北来。精见之,大怖,自谓必死。毛人径牵其臂,将至山曲,入大丛茗处,放之便去。精因采茗。须臾复来,乃探怀中二十枚橘与精,甘美异常。精甚怪,负茗而归。

83. 会稽盛逸,常晨兴,路未有行人,见门外柳树上有一人,长二尺,衣朱衣冠冕,俯以舌舐叶上露。良久,忽见逸,神意惊遽,即隐不见。

84. 宋永初三年,谢南康家婢行,逢一黑狗,语婢云:"汝看我背后。"婢举头,见一人长三尺,有两头。婢惊怖返走,人狗亦随婢后,至家庭中,举家避走。婢问狗:"汝来何为?"狗云:"欲乞食尔。"于是婢为设食。并食食讫,两头人出。婢因谓狗曰:"人已去矣。"狗曰:"正已复来。"良久乃没,不知所在。后家人死丧殆尽。

85. 宋襄城李颐,其父为人不信妖邪。有一宅,由来凶不可居,居者辄死。父便买居之。多年安吉,子孙昌炽。为二千石,当徙家之官,临去,请会内外亲戚。酒食既行,父乃言曰:"天下竟有吉凶否?此宅由来言凶,自吾居之,多年安吉,乃得迁官,鬼为何在?自今已后,便为吉宅。居者住止,心无所嫌也。"语讫如厕。须臾,见壁中有一物,如卷席大,高五尺许,正白。便还,取刀中之,中断,化为两人。复横斫之,又成四人。便夺取刀,反斫杀李。持至座上,斫杀其子弟。凡姓李者必死,惟异姓无他。颐尚幼,在抱。家内知变,乳母抱出后门,藏他家。止其一身获免。颐字景真,位至湘东太守。

86. 宋王仲文为河南郡主簿,居缑氏县北。得休,因晚行泽中。见车后有白狗,仲文甚爱之。欲取之,忽变形如人,状似方相,目赤如火,磋牙吐舌,甚可憎恶。仲文大怖,与奴共击之,不胜而走。告家人,合十余人,持刀捉火,自来视之,不知所在。月余,仲文忽复见之。与奴并走,未到家,伏地俱死。

卷八

87. 王机为广州刺史，入厕，忽见二人著乌衣，与机相捍。良久擒之，得二物，如乌鸭。以问鲍靓，靓曰："此物不祥。"机焚之。径飞上天。寻诛死。

88. 晋义熙中，乌伤葛辉夫，在妇家宿。三更后，有两人把火至阶前。疑是凶人，往打之。欲下杖，悉变成蝴蝶，缤纷飞散。有冲辉夫腋下，便倒地，少时死。

89. 诸葛长民富贵后，尝一月中辄十数夜眠中惊起跳踉，如与人相打。毛修之尝与同宿，见之惊愕，问其故，答曰："正见一物，甚黑而有毛，脚不分明，奇健，非我无以制之也。"后来转数。屋中柱及椽桷间，悉见有蛇头。令人以刀斫，应刃隐藏。去，辄复出。又捣衣杵相与语，如人声，不可解。于壁见有巨手，长七八尺，臂大数围。令斫之，忽然不见。未几伏诛。

90. 新野庾谨，母病，兄弟三人，悉在侍疾。白日常燃火，忽见帐带自卷自舒，如此数四。须臾间，床前闻狗声异常。举家共视，了不见狗，见一死人头在地，头犹有血，两眼尚动，甚可憎恶。其家怖惧，乃不持出门，即于后园中瘗[1]之。明日往视，乃出土上，两眼犹尔，即又埋之。后日复出，乃以砖头合埋之，遂不复出。他日，其母便亡。

91. 王绥字彦猷，其家夜中梁上无故有人头堕于床，而流血滂沱。俄拜荆州刺史，坐父愉之谋，与弟纳并被诛。

92. 晋永嘉五年，张荣为高平戍逻主。时曹嶷贼寇离乱，人民皆坞垒自保固。见山中火起，飞埃绝焰十余丈，树颠火焱，响动山谷。又闻人马铠甲声，谓嶷贼上，人皆惶恐，并戒严出，将欲击之。乃引骑到山下，

---

[1] 瘗（yì）：掩埋，埋葬。

无有人，但见碎火来晒人，袍铠马毛氉皆烧。于是军人走远。明日往视，山中无燃火处，惟见髑髅百头，布散在山中。

93. 新野赵贞家，园中种葱，未经摘拔。忽一日，尽缩入地。后经岁余，贞之兄弟相次分散。

94. 吴聂友，字文悌，豫章新淦人。少时贫贱，常好射猎。夜照见一白鹿，射中之。明寻踪，血既尽，不知所在，且已饥困，便卧一梓树下。仰见射箭著树枝上，视之，乃是昨所射箭。怪其如此。于是还家赍粮，率子弟，持斧以伐之。树微有血，遂裁截为板二枚，牵著陂塘中。板常沉没，然时复浮出。出，家辄有吉庆。每欲迎宾客，常乘此板。忽于中流欲没，客大惧，友呵之，还复浮出。仕宦大如愿，位至丹阳太守。在郡经年，板忽随至石头。外司白云："涛中板入石头来。"友惊曰："板来，必有意。"即解职归家。下船，便闭户，二板挟两边，一日即至豫章。尔后板出，便反为凶祸。家大辚轲。今新淦北二十里余，曰封溪，有聂友截梓树板涛洋舸处。有梓树，今犹存。乃聂友向日所裁，枝叶皆向下生。

卷九

95. 钱塘人姓杜，船行时大雪日暮，有女子素衣来岸上。杜曰："何不入船？"遂相调戏。杜合船载之。后成白鹭，飞去。杜恶之，便病死。

96. 丹阳人沈宗，在县治下，以卜为业。义熙中，左将军檀侯镇姑孰，好猎，以格虎为事。忽有一人，著皮裤，乘马，从一人，亦著皮裤；以纸裹十余钱，来诣宗卜，云："西去觅食好，东去觅食好？"宗为作卦，卦成，占之："东向吉，西向不利。"因就宗乞饮，内口著瓯中，状如牛饮。既出，东行百余步，从者及马皆化为虎。自此以后，虎暴非常。

97. 晋升平中，有人入山射鹿，忽堕一坎，窅然深绝。内有数头熊子。须臾，有一大熊来，瞪视此人。人谓必以害己。良久，出藏果，分与诸子。末后作一分，置此人前。此人饥甚，于是冒死取啖之。既而转相狎习。熊母每旦出，觅果食还，辄分此人，赖以延命。熊子后大，其母一一负之而出。子既尽，人分死坎中，穷无出路。熊母寻复入，坐人边。人解其意，便抱熊足，于是跃出。竟得无他。

98. 淮南陈氏，于田中种豆，忽见二女子，姿色甚美，著紫缬襦、青裙，天雨而衣不湿。其壁先挂一铜镜，镜中见二鹿，遂以刀斫获之，以为脯。

99. 晋太元中，丁零王翟昭后宫养一猕猴，在妓女房前。前后妓女，同时怀妊，各产子三头，出便跳跃。昭方知是猴所为，乃杀猴及子。妓女同时号哭。昭问之，云："初见一年少，著黄练单衣，白纱帢，甚可爱，笑语如人。"

100. 会稽句章民张然，滞役在都，经年不得归。家有少妇，无子，惟与一奴守舍，妇遂与奴私通。然在都养一狗，甚快，名曰"乌龙"，常以自随。后假归，妇与奴谋，欲得杀然。然及妇作饭食，共坐下食。妇语然："与君当大别离，君可强啖。"然未得啖，奴已张弓拔矢当户，须然食毕。然涕泣不食，乃以盘中肉及饭掷狗，祝曰："养汝数年，吾当将死，汝能救我否？"狗得食不啖，惟注睛舐唇视奴。然亦觉之。奴催食转急，然决计，拍膝大呼曰："乌龙与手。"狗应声伤奴。奴失刀仗倒地，狗咋其阴，然因取刀杀奴。以妇付县，杀之。

101. 晋太和中，广陵人杨生，养一狗，甚爱怜之，行止与俱。后生饮酒醉，行大泽草中，眠，不能动。时方冬月燎原，风势极盛。狗乃周章号唤，生醉不觉。前有一坑水，狗便走往水中，还，以身洒生左右草上。如此数次，周旋跬步，草皆沾湿，火至免焚。生醒，方见之。尔后生因暗行，堕于空井中，狗呻吟彻晓。有人经过，怪此狗向井号，往视，见生。生曰："君可出我，当有厚报。"人曰："以此狗见与，便当相出。"生曰："此狗曾活我已死，不得相与。余即无惜。"人曰："若尔，便不相出。"狗因下头目井。生知其意，乃语路人云："以狗相与。"人即出之，系之而去。却后五日，狗夜走归。

102. 晋穆、哀之世，领军司马济阳蔡咏家狗，夜辄群众相吠，往视便伏。后日，使人夜伺，有一狗，著黄衣、白帢，长五六尺，众狗共吠之。寻迹，定是咏家老黄狗，即打杀之。吠乃止。

103. 代郡张平者，苻坚时为贼帅，自号并州刺史。养一狗，名曰"飞燕"，形若小驴。忽夜上厅事屋上行，行声如平常。未经年，果为鲜卑所逐，败走，降苻坚，未几便死。

104. 太叔王氏，后娶庾氏女，年少色美。王年六十，常宿外，妇深无欣。后忽一夕见王还，燕婉兼常。昼坐，因共食，奴从外来，见之大惊。以白王。王遽入，伪者亦出。二人交会中庭，俱著白帢，衣服形貌如一。真者便先举杖打伪者，伪者亦报打之。二人各敕子弟，令与手。王儿乃突前痛打，是一黄狗，遂打杀之。王时为会稽府佐，门士云："恒见一老黄狗，自东而来。"其妇大耻，病死。

105. 林虑山下有一亭，人每过此，宿者辄病死。云尝有十余人，男女杂沓，衣或白或黄，辄蒲博相戏。时有郅伯夷者，宿于此亭，明烛而坐诵经。至中夜，忽有十余人来，与伯夷并坐蒲博。伯夷密以镜照之，乃是群犬。因执烛起，阳误以烛烧其衣，作燃毛气。伯夷怀刀，捉一人刺之。初作人唤，遂死成犬。余悉走去。

106. 顾旒者，吴之豪士也。曾送客于升平亭。时有一沙门在座，是流俗道人。主人欲杀一羊，羊绝绳便走，来投入此道人膝中，穿头向袈裟下。道人不能救，即将去杀之。既行炙，主人便先割以啖道人。道人食炙下喉，觉炙行走皮中，毒痛不可忍，呼医来针之，以数针贯其炙，炙犹动摇。乃破出视之，故是一脔肉耳。道人于此得疾，遂作羊鸣，吐沫。还寺，少时卒。

107. 吴郡顾旃，猎至一岗，忽闻人语声云："咄！咄！今年衰。"乃与众寻觅。岗顶有一阱，是古时冢，见一老狐蹲冢中，前有一卷簿书，老狐对书屈指，有所计校。乃放犬咋杀之。取视簿书，尽是奸人女名。已经奸者，乃以朱钩头。所疏名有百数，旃女正在簿次。

108. 襄阳习凿齿，字彦威，为荆州主簿，从桓宣武出猎，时大雪，于江陵城西见草上雪气出。伺观，见一黄物，射之，应箭死。往取，乃一老雄狐，脚上带绛绫香囊。

109. 宋酒泉郡，每太守到官，无几辄死。后有渤海陈斐见授此郡，忧恐不乐，就卜者占其吉凶。卜者曰："远诸侯，放伯裘。能解此，则无忧。"斐不解此语，答曰："君去，自当解之。"斐既到官，侍医有张侯，直医有王侯，卒有史侯、董侯等，斐心悟曰："此谓诸侯。"乃远之。即卧，思"放伯裘"之义，不知何谓。至夜半后，有物来斐被上，斐觉，以被冒取之，物遂跳踉，訇訇作声。外人闻，持火入，欲杀之。魅乃言曰："我实无恶意，但欲试府君耳。能一相赦，当深报君恩。"斐曰："汝为何物，而忽干犯太守？"魅曰："我本千岁狐也。今变为魅，垂化为神，而正触府君威怒，甚遭困厄。我字伯裘，若府君有急难，但呼我字，便当自解。"斐乃喜曰："真'放伯裘'之义也。"即便放之。小开被，忽然有光，赤如电，从户出。明夜有敲门者，斐问是谁，答曰："伯裘。"问："来何为？"答曰："白事。"问曰："何事？"答曰："北界有贼奴发也。"斐按发则验。每事先以语斐。于是境界无毫发之奸，而咸曰圣府君。后经月余，主簿李音共斐侍婢私通。既而惧为伯裘所白，遂与诸仆谋杀斐。伺旁无人，便与诸仆持杖直入，欲格杀之。斐惶怖，即呼："伯裘来救我！"即有物如伸一匹绛，骚然作声。仆伏地失魂，乃以次缚取。考询皆服，云："斐未到官，音已惧失权，与诸仆谋杀斐。会诸仆见斥，事不成。"斐即杀音等。伯裘乃谢斐曰："未及白音奸情，乃为府君所召。虽效微力，犹用惭惶。"后月余，与斐辞曰："今后当上天去，不得复与府君相往来也。"遂去不见。

卷十

110. 长沙有人，忘其姓名，家住江边。有女子渚次浣衣，觉身中有异，后不以为患，遂妊身。生三物，皆如鲡鱼。女以己所生，甚怜异之。乃著澡盘水中养之。经三月，此物遂大，乃是蛟子。各有字，大者为"当洪"，次者为"破阻"，小者为"扑岸"。天暴雨水，三蛟一时俱去，遂失所在。后天欲雨，此物辄来。女亦知其当来，便出望之。蛟子亦举头望母，良久方去。经年后，女亡，三蛟子一时俱至墓所哭之，经日乃去。闻其哭声，状如狗嗥。

111. 安城平都县尹氏，居在郡东十里曰黄村，尹佃舍在焉。元嘉二十三年六月中，尹儿年十三，守舍，见一人年可二十许，骑白马，张伞，及从者四人，衣并黄色，从东方而来。至门，呼尹儿："来暂寄息。"因入舍中庭下，坐床，一人捉伞覆之。尹儿看其衣，悉无缝，马五色斑，似鳞甲而无毛。有顷，雨气至。此人上马去，回顾尹儿曰："明日当更来。"尹儿观其去，西行，蹑虚而渐升，须臾，云气四合。白昼为之晦暝。明日，大水暴出，山谷沸涌，邱壑淼漫。将淹尹舍，忽见大蛟长三丈余，盘屈庇其舍焉。

112. 武昌虬山有龙穴，居人每见神虬飞翔出入。岁旱祷之，即雨。后人筑塘其下，曰虬塘。

113. 吴兴人章荀者，五月中，于田中耕，以饭置菰里，每晚取食，饭亦已尽。如此非一。后伺之，见一大蛇偷食。荀遂以锹斫之，蛇便走去。荀逐之，至一坂，有穴，便入穴，但闻啼声云："斫伤我某甲。"或言："当何如？"或云："付雷公，令霹雳杀奴。"须臾，云雨冥合，霹雳覆荀上。荀乃跳梁大骂曰："天使！我贫穷，展力耕恳！蛇来偷食，罪当在蛇，反更霹雳我耶？乃无知雷公也！雷公若来，吾当以锹斫汝腹。"须臾，云雨渐散，转霹雳向蛇穴中，蛇死者数十。

114. 吴末，临海人入山射猎，为舍住。夜中，有一人，长一丈，著黄衣，白带，径来谓射人曰："我有仇，克明日当战。君可见助，当厚相报。"射人曰："自可助君耳，何用谢为。"答曰："明日食时，君可出溪边。敌从北来，我南往应。白带者我，黄带者彼。"射人许之。明出，果闻岸北有声，状如风雨，草木四靡。视南亦尔。唯见二大蛇，长十余丈，于溪中相遇，便相盘绕。白蛇势弱。射人因引弩射之，黄蛇即死。日将暮，复见昨人来，辞谢云："住此一年猎，明年以去，慎勿复来，来必为祸。"射人曰："善。"遂停一年猎，所获甚多，家至巨富。数年后，忽忆先所获多，乃忘前言，复更往猎。见先白带人告曰："我语君勿复更来，不能见用。仇子已大，今必报君。非我所知。"射人闻之，甚怖，便欲走，乃见三乌衣人，皆长八尺，俱张口向之。射人即死。

115. 元嘉中，广州有三人，共入山中伐木。忽见石窠中有二卵，大如升，取煮之，汤始热，便闻林中如风雨声。须臾，有一蛇，大十围，长四五丈，径来，于汤中衔卵去。三人无几皆死。

116. 晋太元中，有士人嫁女于近村者，至时，夫家遣人来迎，女家好遣发，又令女乳母送之。既至，重车累阁，拟于王侯。廊柱下，有灯火，一婢子严妆直守。后房帷帐甚美。至夜，女抱乳母涕泣，而口不得言。乳母密于帷帐中以手潜摸之，得一蛇，如数围柱，缠其女，从足至头，乳母惊走出外，柱下守灯婢子，悉是小蛇，灯火乃是蛇眼。

117. 晋咸康中，豫州刺史毛宝戍邾城。有一军人于武昌市见人卖一白龟子，长四五寸，洁白可爱，便买取持归，著瓮中养之。七日渐大，近欲尺许。其人怜之，持至江边，放江水中，视其去。后邾城遭石季龙攻陷，毛宝弃豫州，赴江者莫不沉溺。于时所养龟人，被铠持刀，亦同自投。既入水中，觉如堕一石上，水裁至腰。须臾，游出，中流视之，乃是先所放白龟，甲六七尺。既抵东岸，出头视此人，徐游而去。中江，犹回首视此人而没。

搜神后记佚文

1. 钩鹠鸣于谯王无忌子妇屋上。谢充作符悬其处。

2. 司徒蔡谟亲友王蒙者,单独,常为蔡公所怜。蒙长才三尺,无骨,登床辄令人抱上。公尝令日捕鱼,获龟如车轮。公付厨,帐下倒悬龟著屋。蒙其夕才眠已厌。如此累夜。公闻而问蒙:"何故厌?"答云:"眠辄梦人倒悬已。"公容虑向龟。乃令人视龟所在,果倒悬著屋。公叹曰:"果如所度。"命下龟于地。于是蒙即得安寝。龟乃去。

3. 宗渊字叔林,南阳人。晋太元中,为寻阳太守,有数十头龟付厨,敕旦且以二头作臛,便著潘汁,瓮中养之。其暮梦有十丈夫,并著乌布裤褶,自反缚,向宗渊叩首,若求哀。明旦,厨人宰二龟。其暮复梦八人求哀如初。宗渊方悟,令勿杀。明夜还梦见八人来,跪谢恩。于是惊觉。明朝自入庐山放之,遂不复食龟。

4. 熊无穴,居大树孔中。东土呼熊为子路。以物击树云:"子路可见。"于是便下。不呼则不动也。

5. 鄱阳县民黄赭,入山采荆杨子,遂迷不知道。数日,饥饿,忽见一大龟,赭便咒曰:"汝是灵物,吾迷不知道,今骑汝背,示吾路。"龟即回右转,赭即从行。去十余里,便至溪水,见贾客行船。赭即往乞食,便语船人曰:"我向者于溪边见一龟,甚大,可共往取之。"言讫,面即生疮。既往,亦复不见龟。还家数日,病疮而死。